血色的妖染

王稼駿——著

推薦序　理性的幻想：王稼駿的本格挑戰

寧微君

時隔多年再讀王稼駿的文字，對我而言是一場華麗的冒險。因為我可能已經淡忘了他的筆觸，但閱讀之後我竟發現，對於他而言又何嘗不是一次冒險呢：在我的印象裡，這應當是他最中規中矩的本格作品，他完成了一次完全本格挑戰。

在這裡我想先提醒諸位讀者注意，王稼駿以往的作品特點是：緊張與輕快的情節伴隨著幽默詼諧的對話，讓有著矛盾情感的主人公趨於真實，而意想不到的結局徹底將本身複雜的社會與人的關係交給了讀者。所以，我們可以得出一個結論，王稼駿的筆觸是圍繞著人物建立起來的，而非本格推理小說的核心：詭計和邏輯。因此相對於感性的故事創作，理性的本格推理小說對於王稼駿而言，難免會有著總總約束，幸運的是，他成功了。

本格推理小說在名稱誕生之時即有著嚴格的定義與邊界，他們是由長期的閱讀與創作過程中由讀者、作者與研究者共同確立的原則。在本格推理小說裡，有著眾多的推理元素，但只要有所選擇，就必受其約束。這就如同唐詩宋詞的格律，選擇了形式就相當於放棄了一定程度的自由。王稼駿選擇了一個浪漫的元素——暴風雪山莊。

我不想浪費諸位讀者的時間，對於暴風雪山莊而言，相信諸位早已耳熟能詳。我只簡要介紹王稼駿筆下的暴風雪山莊，有幾個諸位可能鮮少瞭解的特點：第一，它建在赤道之上；第二，它因疫情而封閉，莊園的所有人受控與軍方管制，無法出入；第三，它是一棟連體建築，渾然天成。看看，這需要怎樣的幻視力。

當然，僅是暴風雪山莊其實也不值一提，這個推理元素自阿加莎・克里斯蒂的《無人生還》開始，已流行了八十餘年。王稼駿的挑戰還有暴風雪山莊內的恐怖傳說（血腥的童謠）、連環模仿謀殺、建築物的消失與經典的密室。不同於他以往多重視角建構下的敘事風格，在本作中，他整個小說都圍繞著案件，用一次又一次的謀殺，單線程的調度情節。這本身是單調乏味的，但在王稼駿熟稔的文字裡，卻處處顯得驚奇。

當然，期間還夾雜著一些饒有趣味的三人愛戀，這增加了不少可讀性。

我無意透露更多的案件細節給諸位讀者，但是其中的人物卻是不得不說的。我想，在這裡加以說明，能夠很好地引導諸君進行閱讀，從而收穫更大的閱讀樂趣。

在介紹《阿爾法的迷宮》（二〇一六）的時候，我曾說過，相比較複雜多樣的推理元素，王稼駿更喜歡嘗試塑造一個真實又能讓讀者產生情感共鳴的人物。在這部小說之前，王稼駿在《再見，安息島》（二〇二二）中創造了一個不同以往的偵探——一位年輕的棋手沈括。這應當是王稼駿繼左庶之後，塑造最成功的偵探。我看到了一位有趣又堅韌的偵探，他如此真實，以至於能從文字裡走出來，能夠與之交流的朋友。

通常推理小說迷對於偵探的期待是遠超於現實想像的，他們要有過人的智慧、淵博的知識、古怪的癖好、獨特的個性或者某些難以描述的身體特徵……而這些期待，又通常都是我們通過推理小說閱讀的積累附加在我們腦海中的印刻。它形成了一個僵化固執的幻覺，不僅是諸位讀者，即便是作者也很難不去展開天馬行空的想像，描繪一個連他自己都不認識的陌生人。

在我看來，塑造一個有明顯特徵的偵探並不是唯一的選擇，其實偵探完全可以是大家都想去認識的普通人，而不是一個能在瞬間洞悉你全部祕密，以至於讓你感到恐懼的奇怪陌生人。至少，我願意去和沈括對弈一局，他是我能夠在生活中遇到的那一類偵探。他有自己的故事，有自己的情感，有自己的特長，有自己的朋友和親人，也存在性格上的偏執和偶爾難以控制的情緒。當然他仍然智力超群，正義感無處不在，樂於助人，也願意陪同大多數人一起去瞭解真相。他能贏得一場對弈，也能破解一次謀殺。

希望諸君在閱讀時，能用心感受沈括的言行，以便於某日他真的出現在諸位眼前時，我們能以他喜歡的方式與他交談。如果你已經準備就緒，不妨翻開下一頁，試著進入這棟奇妙的建築，圍繞著傳說、戀愛、疫情和軍方的步步緊逼來與沈括一起一探究竟。

祝福諸君狩獵愉快。

目次

登場人物

張越白，27歲，七洲房地產仲介公司銷售員。
夏凡，24歲，蘭尼房地產仲介公司銷售員。
徐放，30歲，蘭尼房地產仲介公司銷售經理。
瓦倫蒂・威爾娜，41歲，精靈石堡的女堡主。
瓦倫蒂・瑞吉爾，16歲，堡主的女兒。
摩里斯，66歲，精靈石堡的女管家。
普利莫・巴伊，33歲，精靈石堡買家。
亨麗埃塔・尼安布伊，31歲，巴伊的妻子。
沈括，23歲，職業圍棋選手。
賈顯光，36歲，魔術師。
喬冰，28歲，馬戲雜技小丑。
巴哈爾・福斯卡，47歲，拉漢文抵抗軍少校。

精靈石堡一樓平面圖

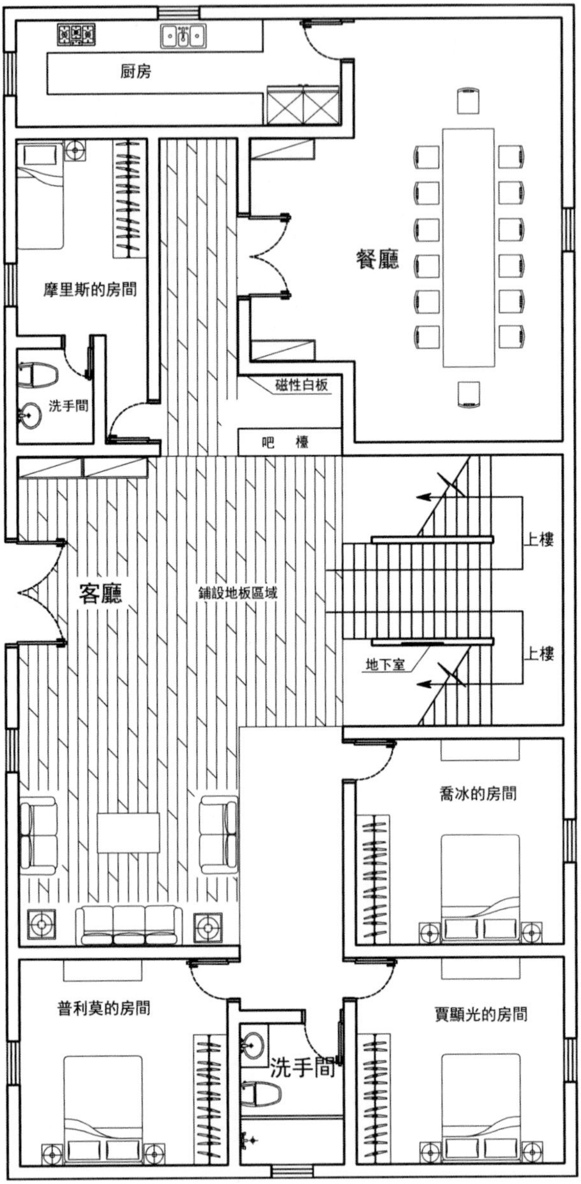
廚房
餐廳
摩里斯的房間
洗手間
磁性白板
吧　檯
上樓
上樓
客廳
鋪設地板區域
地下室
喬冰的房間
普利莫的房間
賈顯光的房間
洗手間

精靈石堡二樓平面圖

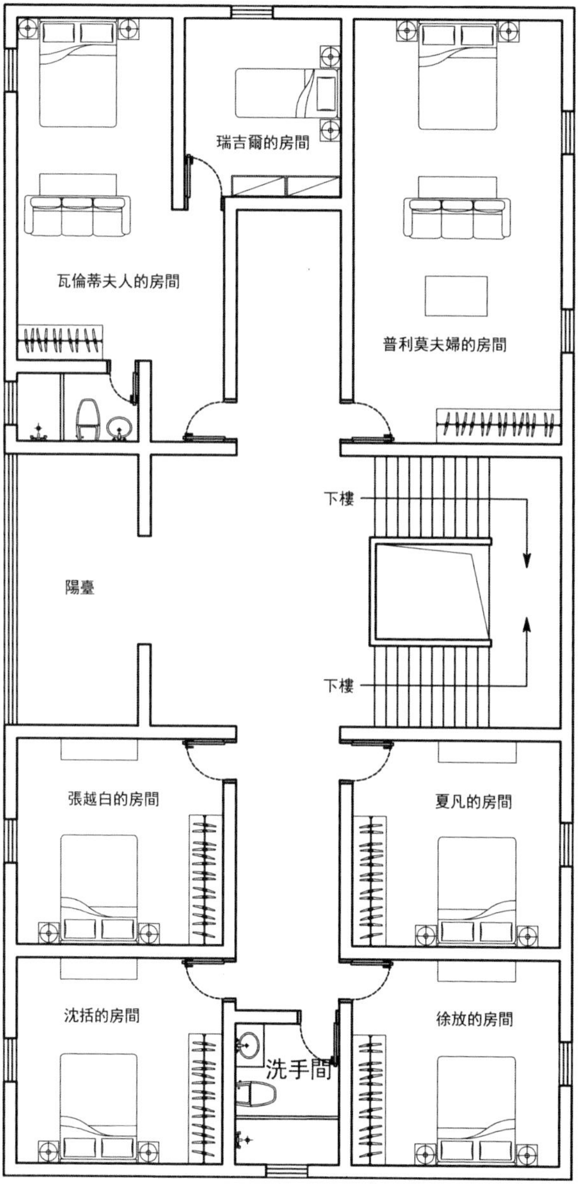
瑞吉爾的房間
瓦倫蒂夫人的房間
普利莫夫婦的房間
下樓
陽臺
下樓
張越白的房間
夏凡的房間
沈括的房間
洗手間
徐放的房間

序章　妖染

廣袤無垠的草原上，到處一片寧靜。

夜色下，一聲淒厲的慘叫聲劃破黑暗，穿過乾涸的河床，驚醒了河畔的動物。

動物們抬頭望向遠方，瞳孔中亮起火光，它們知道那裡居住著一種令它們恐懼的生物，他們雙腿直立行走，黑色的皮膚，善於使用各武器，被稱之為「人類」。

部落的圓形籬笆漿土屋內，一個男人來回走動著，他身材細長，肌肉線條優美，一頭捲曲的黑髮修剪整齊，身上佩戴著各種飾品，看來是部落裡顯赫的家族。

桌上餐盤裡，擺放著蒸粗麥粉和雞肉沙拉，這是男人最愛的食物，可惜今晚胃口不佳，盤子中剩下了大半沒有吃完。

男人眼神迷濛，臉上露出焦急而欣喜的表情，顯得坐立不安，不時走到窗邊，注意著隔壁屋子裡的動靜。

透過小小的窗戶，能看見一個身形瘦小的老婦，正彎腰將一條毛巾放進水桶裡，桶裡的水被染成了紅色。

床上的一位女人，額頭上全是汗水，胸口劇烈起伏，因為叫喊已經沙啞的喉嚨，只能發出沉重的喘息聲，十根手指的指甲深深嵌入了木製的床架之中，以免自己疼得昏死過去，她將視線死死釘在圓拱形的天花板上。

老婦小心翼翼地替她擦拭隆起的肚子，薄薄的皮膚下血管明晰可見，肚子因為嬰兒的蠕動而變化形狀。老婦低下的眼眸中，閃耀出黃色的光芒，她在女人的兩腿之間看見了什麼。

「……夫人……」老婦興奮地叫喚起來，「夫人……用力，孩子快要出來了！」

女人咬緊牙關，渾身控制不住地痙攣起來，從喉嚨深處發出嘶吼聲。

「已經可以看見孩子了！」老婦看見了嬰兒溼乎乎的頭頂。

女人閉起眼睛，眉毛擰成一團，鼻翼一張一翕，手臂上青筋暴起，狠狠地咬緊後槽牙，用盡最後的氣力，聲嘶力竭地喊叫著，她覺得自己全身的骨頭都快要碎裂了。對於周遭的一切她都沒了感覺，彷彿進入瀕死的狀態。

隨著一聲孩童響亮的哭聲，女人如釋重負，虛脫地癱軟下來。

老婦將嬰兒抱起，臉上露出不可思議的表情。

聽見孩子的哭聲，土屋裡的男人快步走了過來，老婦還來不及阻攔，男人就闖了進來。

「快給我看看孩子？」男人迫不及待地問道。

老婦背過身去，用身體擋住了孩子：「先生，請您先出去！」

「快讓我看看我的孩子！」

男人粗魯的打斷了她，不過並沒有責備的意思。

「夫人！」老婦只得向女人求助道。

虛弱的女人迷惘著為什麼老婦不願意讓自己的丈夫看孩子。老婦用眼神想傳遞什麼，女人茫然無措，不知道該說什麼。

身手敏捷的男人靠近老婦，一把從她手裡抱過孩子。

「這……這……」男人慢慢轉過頭，他那張如巧克力般黑色皮膚的臉，因為憤怒而充血眼球佈滿了血絲，連聲發問道，「這到底是怎麼回事？」

老婦眼眉低垂，不敢言語。

男人的聲音引來了其他親戚，眾人擠在門口望見男人手裡的嬰兒。燭臺上，細小的燭火搖曳了一下，照亮嬰兒半邊臉頰，那是一張不應該屬於部落的臉，不知誰喊了一嗓子：

「這孩子……他的臉上……為什麼會有這樣的胎記？」

孩子的母親掙扎著從床上支起身子，看見嬰兒的皮膚、瞳孔和自己完全不一樣，這根本就不像她的孩子。

「這到底是怎麼回事？」女人問自己的丈夫。

「被詛咒了！一定是孩子被詛咒了。」

「怎麼可能！這可是我們的孩子呀！」

「不！這就是個怪胎！」男人的手臂牢牢鉗住嬰兒纖細的脖子，嬰兒在他懷裡拼命掙扎。

女人試圖下床從丈夫手裡奪過孩子，無奈剛生產完身體羸弱，整個下腹部撕裂般地疼痛，使她不得不蜷縮起來。

「您可不能亂動呀！」老婦趕忙按住她的肩膀，念叨著。

嬰兒的哭喊聲越來越響，如老人般皺褶的嘴角，溢出的口水令哭聲也變得怪異起來，張開沒有牙齒的嘴突然咬向男人的手臂。

「妖染！這個怪物是妖染！」

男人發瘋般地丟開嬰兒，衝破人群，揮舞著雙手逃走了。

淅淅瀝瀝的雨絲落在男人的身上，一道閃電在草原邊緣亮起，烏黑的雲層壓降下來，將是一個狂風驟雨的夜晚。

男人雙膝跪倒在麥田中，金色的小麥如海浪徐徐起伏，他哽咽地抽噎著起來。

隆隆的雷聲由遠至近，如來自地獄底層的笑聲。

男人從抖動的雙肩之間，緩緩抬起頭，異能的場景令他渾身止不住地顫抖起來。

一個人形的怪物，從岩石中剝離出來，它亮出鋒利的牙齒和爪子，走向嬰兒所在的屋子，它從窗戶的縫隙中輕鬆穿過進入屋子。

妖染！

這是傳說中可怕的怪物！

所有人的注意力都集中在嬰兒身上，沒人注意到它，男人掙扎著起身，邊跑邊提醒屋子門口的人們，可惜他的喊聲被淹沒在了雷聲之中。

幾秒鐘後，屋子中傳來慘叫聲，野獸的嘶吼聲，人體組織被撕裂的聲音，慌亂之中有人打翻了燭火，茅草的屋頂瞬間被點燃，火苗被吹得到處四竄，很快就點燃了周邊的屋頂，整個部落陷入一片血海之中。

怪物從鼻孔中發出充滿仇恨的哀鳴，瞳孔中映射著熊熊烈火，它的皮膚也隨著環境變幻成了火紅色。它的腳下踩著被撕碎的老婦，銳利的爪子伸向一旁的嬰兒。

男人大吼一聲，操起一件耕作的工具，鼓足勇氣衝向了怪物。

終於，暴雨匯成白色的瀑布，朝這片非洲大地傾瀉下來。雨水匯入屋子前的窪地中，化成一灘灘血色，猛烈的雨勢不斷擊打地面，泥漿和血水四處飛濺。

火光，漸漸熄滅。

一切重歸於寧靜。

第一章　旅程

春節後的第一個星期，仍未從假期綜合症中緩過勁來的上班族，又開始面對新一年KPI考核指標。

張越白並不為此擔心，他坐在自己的辦公座位上，不斷刷新著電腦螢幕裡的網頁。

今天是第七屆全國推理小說大賽公佈決選作品的日子，從小酷愛閱讀推理小說的張越白，機緣巧合之下，看見第一屆比賽的公告，於是嘗試著投了一次稿。儘管沒有得獎，但在頒獎典禮的現場，張越白發現竟然有這麼多與自己興趣相同的人，讓他十分驚訝，如果能在這些人面前登頂，一定很有成就感吧。

正因為有了這個信念，令他鍥而不捨地連續參加了前六屆，可惜結果不盡如人意，從未獲獎。但他始終堅信，終有一天他寫的推理小說能夠摘得桂冠，以此出道成為作家，可以依靠寫作維生。憑藉這股莫名自信的勁頭，張越白堅持創作自己的小說，有時甚至會偷偷借用空閒的工作時間，見縫插針地寫上幾百字。

對於這種拿空餉不幹活的行為，張越白的主管深惡痛絕，在工作上處處為難，總是安排最難纏的客戶給他。而張越白倒也沒有怨言，他內心覺得自己遲早會成為職業作家，這只是一份臨時的差事，沒必要太過計較。

鍵盤的F5鍵快要被他按壞了，終於網站首頁有了更新內容，張越白緊張起來，深呼一口氣，用緊蹦的手指滾動鼠標。他反覆看了兩遍，確認公佈的決選名單中沒有自己名字後，關掉了電腦電源。

螢幕上映出張越白失落的臉龐，深深的黑眼圈、暗沉的皮膚，以及咯咯作響的頸椎骨，都是為實現夢想而付出的代價，一直躺在抽屜裡的辭職信，看來又沒法提交了。

張越白有點口渴，拿杯子想去倒水，發現飲水機的水桶裡沒有水了。

恰好主管經過，冷冷地命令道：「越白，去加水站換個水桶。」

「可我手頭還有工作。」張越白答道。

「你都幾個月沒開單了，就你那點業務做不做都一樣，快點先去把水桶換了。」主管不屑道。

張越白還想爭辯幾句，轉念想到落榜的事情，到嘴邊的話又嚥了回去，獨自拿著空水桶下樓。

公司位於辦公大樓的五樓，由於沒有電梯，加水站的老闆每次送水都要拖好久，所以張越白時常被差遣成為搬水工。

他邊走邊考慮著自己到底該不該放棄寫作，只是多看了一些推理小說而已，完全不是寫推理小說的料。大學主修英語，輔修義大利語的張越白，因為會多國語言，所以畢業後進入了現在這家七洲房地產仲介公司。正如公司名稱一樣，七洲房地產仲介公司的業務範圍遍佈全球，因為可以整合全球的資源，七洲仲介公司的生意還算不錯，全球各式各樣千奇百怪的房子，總能在七洲找到它新的主人。

沒準現在這份房地產仲介銷售的工作，才是自己真正的事業方向。畢竟賣掉一套房子的抽成佣金，要比獲獎的獎金高多了。正如網絡上流行的那句話，努力錯了方向，努力一萬倍也沒有用。看來不能再混日子下去了。

想到這，張越白不由加快了有點磨蹭的腳步。

這時口袋裡的手機響了起來，是主管打來的，一定又是讓他順帶其他東西上去。

「喂，主管……」

「越白，趕快回來！」主管語氣有點急。

張越白生怕被責怪，連忙說道：「我馬上就到水站了。」

「沒事，你別管水桶了，先回辦公室來。」主管態度一反常態的溫和。

「是有什麼事嗎？」

「有一筆大生意交給你。」

張越白總覺得有點不對勁，但還是立刻趕了回去。

回到辦公室，主管滿臉立刻迎了上來：「越白，去把你手頭那套最大的房子資料拿來。」

「有人要買那套房子？」

主管往接待室裡看了一眼，黑色真皮沙發上，坐著一位西裝革履的長者，一頭雪白的頭髮梳得一絲不苟，消瘦的側臉看起來十分精明能幹。主管朝著長者努努嘴，說道：「你的運氣來了。」

「沒想到居然會有人買這套房子。」

「少囉嗦，快去拿了資料來接待室。」

張越白回到辦公桌前，從厚厚一疊資料最下面抽出一個文件袋。文件袋邊緣滿是皺褶，看起來放了很久的樣子，正面印著「精靈石堡」四個黑體字，張越白打開檢查了一下資料是否齊全後，捋平整自己襯衫上的摺痕，套上了綠色的工作西裝，信步走進接待室。

主管向長者和張越白互相介紹起對方來，長者是本市一家律師事務所的律師，名叫李偉，他在一周之前接受了一樁來自海外的委託，讓他代為操作精靈石堡的交易事宜。

關於精靈石堡的情況張越白是最清楚的，這是公司裡唯一一套來自非洲的房源，由於精靈石堡地處偏僻，雖然單價便宜，但面積大，所以總標的比較高，鮮有客戶會投資或自住這樣的不動產。於是主管把這個冷門的房源交由張越白負責，業主當時急於出售，開價比起市場價要低百分之二十，儘管這樣，公司對能夠賣出這套房子還是沒什麼信心。於是張越白偷偷奉勸業主，不要和公司簽售獨家代理合約，可以多找幾家跨國的仲介公司掛牌，或許能更快地找到買家。

不知不覺已經一年過去了，無人問津的這套房源，除了張越白每個月定期和業主聯絡，詢問是否還在出售狀態之外，幾乎所有人都已經忘記還有這樣一套房子了。沒想到今天會有客戶主動找上門，難怪主管會如此欣喜。

「那我就簡單為您介紹一下精靈石堡的情況吧。」

張越白翻開資料，卻被李偉律師擺手阻止：「不必了，我的委託人對精靈石堡有過一定的瞭解，只是希望可以盡快交易。」

「這麼著急嗎？」

李偉律師看出了他的疑惑，解釋道：「我的委託人也是當地人，希望找個安靜的居所，他們早就鍾意精靈石堡，看到了你們公司發佈在網站上的房源信息，所以才讓我前來洽談，打算買下來自住。」

「你是說你的委託人在非洲？」

「沒錯。他們想要盡快看房。」

「可是……」張越白為難地朝主管看了眼。

主管絲毫沒有照顧張越白的情緒，堆滿笑容地答應了律師：「我們的銷售員會買最快出發的航班趕過去，當然相關費用需要你們承擔。」

「沒問題，你們盡快安排吧。」

「等一下！」張越白說。

主管瞪了他一眼，生怕他又說什麼奇怪啊的話攪黃這筆業務。張越白假裝沒有看到，繼續對李偉律師說道：「業主在委託的時候提出了兩點要求，如果您的委託人能夠滿足的話，業主才同意參觀石堡。」

「哪兩點？」

「第一，看房前必須繳付總價的百分之十作為定金，以示誠意。第二，一旦買家決定買下石堡，在簽訂合約的同時必須以現金方式全款付清。」

李偉撓了撓鬢角，思索道：「第二個條件沒有問題，可第一個條件恐怕不能接受。再沒有看到房子之前就支付定金，未免也太霸王條款了吧。」

「業主出於對自己隱私保護的考慮，古堡屬於私人禁地，內部有不為人知的物品和結構，如果只是抱著想要看一看的念頭，就讓客戶想進就進，業主擔心會有不安全因素，所以收取定金作為參觀的條件，可以過濾掉誠意不足的買房客戶。如果支付定金有問題的話，我拿來的文件袋裡裝著精靈石堡的所有信息，也可以讓你們詳細瞭解整個古堡的情況。」

李偉從沙發上站起來，說道：「失陪一下，關於這件事我需要和委託人商量一下。」

等律師走出接待室，主管走到張越白身邊輕聲問：「你說的這兩點是真的嗎？」

張越白點點頭：「業主當時就是這麼說的，一字不差。」

「還真是奇怪的要求。」主管說道，「不過這樣一來，付了錢看房的客戶買下來的可能性就非常大了。越白，你已經很久沒有開單了，這一單可要好好跟進。」

和委託人通完電話的李偉返回接待室，主管連忙離開我身邊，假裝剛才沒和我說過話。

「張先生，我的委託人同意了你的兩個條件。」

「真的嗎？」主管眼睛一亮。

「麻煩提供貴公司的銀行帳戶給我，二十四小時內會將定金轉過來。」

沒想到對方居然這麼爽快地答應了，這讓張越白感到不可思議，購買這麼大一棟石堡，幾乎沒有聽取任何的介紹，對價格方面也沒有任何的異議，這樣的客戶實屬少見。

主管看出張越白的諸多疑慮，生怕壞了好事，告誡道：「這可是今年公司第一筆業務，你可別給我搞砸了。」

張越白只得諾諾地答應道：「我不會讓你失望的。」

「要是你取得開門紅，我讓公司給你頒個獎。」

「不必了。」張越白拒絕道。

主管並不知道「獎」這個字對張越白是多麼刺耳，自討沒趣。

就這樣，往年春節後工作清閒的這段時間，張越白開始忙碌了起來。

次日，主管興奮地跑來告訴張越白，客戶轉來的百分之十定金已經到帳，並敦促盡快安排看房。雖說這筆業務成功率很高，但要前往精靈石堡所在的非洲，讓張越白不免覺得麻煩。

精靈石堡在東非的索馬利亞，是一個鮮有中國人前往的國度，張越白也僅僅是在整理精靈石堡的資料時，稍微瞭解了一下這個非洲最大的半島，被稱為「非洲之角」的國家。

出發的時間定在一周以後，這差不多是辦理簽證所需要的時間。張越白心想帶客戶參觀以及洽談合約，應該用不了一周時間，加上那邊天氣炎熱，不需要攜帶太多厚重的衣服，所以只是簡單整理了一個行李箱。

同住的父母對於「索馬利亞」這個國家的唯一印象就是海盜很多，擔心第一次出門的張越白遭遇危險。

大學畢業至今已有五年了，張越白進了現在這家公司之後，事業上就再無野心，每天回家後就躲進自己房間裡，在電腦前啪啦啪啦地打字到凌晨，不知道在忙什麼，也不見升職加薪，工作上也沒有任何進展。現在突然有了業務，卻要跑去幾千公里之外的非洲，作為父母自然是放心不下，讓他將這筆業務轉讓給其他同事。

張越白心意已決，想在工作上有所作為，這筆業務必須拿下。他向父母解釋，因為索馬利亞的交流需要用到義大利語，而公司裡學過義大利語的只有他，此行非他莫屬。

第一次見兒子對工作這麼上心，母親不免往其他方面聯想。

「該不是約了女孩子一起去旅行吧？」母親一臉八卦地問道。

「哪來什麼的女孩子？」

「以前大學的那個呢？」

張越白紅著臉說道：「哎呀！媽，你別說了。」

「有什麼不好意思的。媽像你這麼大的時候，都和你爸結婚了呢。」

「我真的是去出差。」張越白拿出簽證，以證明自己的清白。

「還真是去非洲。」母親提高了嗓子，故意說給假裝在房門口踱步的父親聽，父親嘆了口氣，腳步走遠了。

張越白的父母和許多傳統的父母一樣，弄不太清楚孩子工作上的事情，只能在衣食起居上給予幫助。臨行前，母親特意在張越白內褲上縫了一個口袋，藏了一筆錢在裡面，供他應急時使用。

張越白覺得穿一條這樣的內褲實在尷尬，可拗不過母親，只得遵從。母親逮著機會就千叮囑萬關照，張越白不勝其擾，還沒到出發時間，就被折磨地巴不得早點出發了。

出發前一晚，張越白失眠了，第一次出國令他內心有些不安，這種不安不知是源自對於索馬利亞這個印象中戰亂國度的畏懼，還有對過於爽快的買家的不信任。加之參獎落選的失望依然沉甸甸地壓在心頭，張越白的心情怎麼也晴朗不起來。

搭上最早一班前往機場的地鐵，越接近終點站，車廂裡的人越多，大多數都是拉著行李箱趕飛機的乘客，大家打著哈欠，一股尚未完全睡醒的倦意包裹著整列地鐵。地鐵進入郊區之後，鑽出地下隧道，張越白看著從小出生長大的城市從眼前飛快掠過，還沒有離開就已經開始懷念起家鄉來了。

此時的張越白萬萬沒有想到，這趟旅行將會成為自己人生中難忘的一段經歷。

第二章　石堡

地處非洲東北部的索馬利亞，與阿拉伯半島隔海相望。這個在殖民時代飽受戰亂洗禮的國度，曾被義大利統治南部，英國統治北部，一九四一年第二次世界大戰期間，英軍擊敗了軸心國之一的義大利，全面接管了索馬利亞地區，算是完成了索馬利亞的統一。但紛爭依然沒有停止，一九四九年的聯合國大會上，討論如何處理前意屬殖民地區問題的時候，交由義大利不定期托管的方案遭到了索馬利亞境內群眾強烈的反對。儘管如此，聯合國大會還是作出了在聯合國監護下把原意屬索馬利亞地區交給義大利托管十年的決議。然後民主獨立的步伐並沒有停歇，儘管起步較慢，但朝著目標走了很長一段路程。

一九六〇年，索馬利亞徹底割斷了與殖民國家的關係，在六月二十六日和七月一日，南北地區分別與義大利和英國政府簽訂協議，完成了合併獨立統一，成立新政權共和國。

獨立在當時看來略顯倉促和諸多不完善，由於兩種殖民地區帶來的各種各樣的差異，引起了一系列複雜的問題，而語言問題是一切差異的重要障礙。說來可笑，由於南方地區學校使用義大利語教學，而北方地區學校則使用英語教學，使得南北地區在統一之後的各個方面都無法直接溝通交流。加之南北方部落之間存在的巨大隔閡，各種利益集團各懷鬼胎，國家領袖難以平衡各方利益，共和國的兩個部分之間開始產生一些爭論。

一九六九年的軍事政變，軍隊占領了整個首都的重要場所，並且扣押了重要的政治家及個人，最高法院被取締，憲法遭到擱置，所有政黨被宣佈為非法，軍人們成立了最高革命委員會統治整個國家。新的領導人西亞德將軍藉助蘇聯的裝備和顧問，建立新政府，致力於科學的社會主義道路。西亞德在統治了二十二年後，蘇聯解體，西亞德沒有了庇護傘，各路反政府武裝力量虎視眈眈，西亞德很快就失去了對索馬利亞的控制，大規模內戰爆發。此後索馬利亞的局勢走向混亂，軍閥混戰，民不聊生，甚至聯合國都拋棄了索馬利亞，至今仍然處於軍閥割據，復國之路依然遙遙無期。

這是二〇一七年的二月十三日，星期一。

飛機鑽出雲層，太陽一點點下沉，柔和的霞光勾勒出飛機的輪廓，藍色印度洋映襯著白色之城摩加迪休，在光照中發出耀目的光芒。

最繁華古城摩加迪休，是昔日被譽為「乳香和沒藥之邦」的索馬利亞首都，位於謝貝利河流域，距離赤道僅僅只有兩百公里。雖然飽受戰亂洗禮，但摩加迪休以獨特的背景和得天獨厚的地理位置，依然保持著商業中心的地位。

張越白走出機場，十幾個小時的轉機和飛行，令他渾身肌肉酸痛。來到南回歸線和赤道之間的熱帶，氣溫飆升到三十攝氏度以上，哪怕只是穿著單薄的外套，也已是滿頭大汗。

很多人對摩加迪休這座城市並不熟悉，但看過美國大片《Black Hawk Down》的人都會記得片中激烈的巷戰，戰場正是在摩加迪休。一九九三年十月三日星期天下午四點左右，一隊美國特遣部隊遊騎兵被空投進入摩加迪休，負擔逮捕兩名軍閥組織高官並返回到基地的任務，原本其僅需花上一個小時左右的時間，不料遭到民兵猛烈的圍攻，經歷了一整夜恐怖的煎熬，當救援部隊將他們營救出時，美軍士兵陣亡多達十八人，重傷幾十人，索馬利亞方死傷更是慘重。

比起電影裡硝煙彌漫，殘垣斷壁的場景，現在的摩加迪休顯得乾淨而美麗，市區的海濱大道綠樹成蔭，行人和車輛在茂盛的熱帶植物之中往來如梭，繁忙又不失有序。

和看起來只能說是簡陋的機場相比，機場的安全級別算得上是一流，到處是荷槍實彈的軍人，還有許多戴著口罩身著防護服的醫護人員，在出口處嚴陣以待，對每位入境者進行體溫檢測，冷峻的目光審視著每一個從面前經過的人，稍有咳嗽和發燒的跡象，會被立刻帶入後面單獨的辦公室內單獨盤問。

張越白順利出關，機場外圍著一大片接機的人群，看見有人從通道裡走出來，人群開始躁動起來，眾人高舉手裡的紙牌，喊著各種國家的語言，張越白一時分辨不出接自己的人在哪裡。

忽然，他看見有一塊寫著中文的紙牌，仔細一看上面的字，寫著「中非文化交流團」，拿著牌子的當地人，看見張越白是亞洲人面孔，熱情地朝他揮舞著手臂，張越白聳聳肩，擺了擺手示意自己不是他要接的人。

很快，張越白就找到了接自己的車。一輛黑色的奔馳轎車頭上，樹立著　亮的立標，貼了黑色汽車膜的車窗玻璃裡，什麼都看不見。擋風玻璃的雨刷器上，夾著一塊寫有英文「Jinni」的紙牌，Jinni就是精靈的意思。

應該就是它了。

張越白走向駕駛座，看見玻璃上照出自己蓬亂的髮型，連忙整理了兩下。車窗降下，車內的冷氣撲面而來。張越白看見車內坐著夫婦倆，男的是一位黑人，三十多歲，眼睛很大，抬眼看人的時候會露出很多的眼白，鼻翼寬大，厚厚的嘴唇突起，露出穿著佈滿碎花的夏威夷短袖襯衫，脖子上掛著一條金項鏈，身體結實，兩條肌肉線條分明手臂搭在方向盤上，手腕上掛著一塊金光閃閃的勞力士手錶。讓張越白偶感意外的是，副駕駛座上的是一位白人女士，一頭幹練的短髮，五官深邃，墨染的眼睛始終掛著迷人的微笑，身上佩戴的雅致飾物和雪白的膚色相得益彰，這位女士異域的美貌驚豔到了張越白，他嚥了嚥口水，重新回過神來，眼前兩位應該就是這次「精靈石堡」的土豪買家了。

「Buon giorno[1]。」張越白略顯緊張，用夾生的義大利語打招呼道。

「你好，張！」男人用英語回道。

「您就是普利莫先生吧。」對方會說英語，張越白輕鬆了許多，雙手遞上自己的名片，「很高興見到兩位。」

普利莫手肘架在車窗上，警覺地看了看周圍，對張越白說道：「張，你趕快上車吧！」

---

1 義大利語，打招呼的意思。

張越白應了一聲，將行李箱放進汽車後車箱，後車箱裡有個鼓鼓囊囊的黑色大包，裡面像是裝了一些工具，張越白將包挪到一邊，感覺有些沉重，騰出空間後，將自己的行李箱塞了進去。跳上寬敞舒適的奔馳車後座，有種自己是貴賓的感覺。不過，他沒有鬆懈下來，挺直腰板坐在後面，剛才普利莫離開機場時顯得很匆忙，車速過快，轉彎時差點撞上了護欄，不知道是不是發生了什麼事。

不善言辭的張越白一路上並沒有和兩位客戶有很多交流，他偷偷打量著兩人，李偉律師提供的資料上寫了這對夫妻的名字，因為外國人的名字很長，張越白提前背了下來，男的全名普利莫・巴伊，他美麗的妻子名叫亨麗埃塔・尼安布伊，膚色一黑一白的兩人，居然都是索馬利亞本地人。張越白注意到，在亨麗埃塔副駕駛座下的腳邊有一個挎包，從大小容量來看，很可能是用來裝現金的，一旦成交這筆錢需要當場支付給石堡的堡主，張越白對於自己的這番推理十分滿意，這筆業務除了路途遙遠之外，出乎意料的輕鬆順利。

張越白這樣想著，把頭轉向窗外，左側是沙土飛揚的荒土，光禿禿的一片，沒有任何參照物，右側眺望遠方，透視的關係，能看見印度洋和天空連接成了一條線。完全分不清東南西北的張越白，掏出手機查看GPS定位，藍色的光點正沿著海岸線，向西南方向移動著，這正是奇斯馬約市的所在方向。

奇斯馬約隸屬於索馬利亞南部下朱巴州，位於朱巴河入海口，謝貝爾河和朱巴河之間的肥沃谷底，與首都摩加迪休相距五百二十八公里，有公路直接相通，是南部重要的商業中心，港口可停泊巨輪，是索馬利亞第三大城市。

精靈石堡就位於奇斯馬約市以北一百二十八公里的沙漠之中。

汽車後輪多連杆式獨立懸掛上下起伏，車裡的人沉默不語，蔓延在耳邊的是輪胎摩擦地面的噪音。噪音越來越大，路面上黃沙的比例也越來越多，風捲起沙礫摩挲著車身，車身的顛簸也比先前劇烈了許多。行駛了兩個多小時之後，終於看見了朱巴河曲折的河道，此時，夕陽照耀在河道兩邊的峭壁上，從卡魯山洶湧而來的河水正在谷底流淌。

「快看！」

「那應該就是精靈石堡了吧。」

張越白被普利莫夫婦倆高亢的叫聲吸引，從前排座位之間探出腦袋，往車頭方向看去。前方有一塊明顯高出河道的平地上，一座龐然大物出現在眼前，張越白打起精神，隨著汽車慢慢接近石堡，只在資料上看見過照片，但現實中的壯觀只有親眼看見才能感受得到。

精靈石堡不規則的外形讓它和周圍環境渾然天成，如天外飛來的巨型獨石矗立此地，簡直就是這荒野中的一處奇景。混凝土的圍牆形成一個長方形，石堡的入口開在東側，兩扇足有三米高的巨大黑色鐵門，入口兩邊的圍牆上建有兩個崗哨，進門後是一片開闊的植被，仔細一看，綠色的植物是尚未到豐收季的小麥，一條筆直的道路將麥田等分為二，直通石堡的正門口。石堡位於圍牆內的北側，岩石般的外牆上被人工開鑿出來的窗戶都沒有安裝玻璃，加裝了固定的鐵條，以防止外人侵入，臨近傍晚，石堡內的燈光從窗戶洩出來，如同一個個鑲嵌在牆上發光的寶石。在石堡的頂部，豎著一個鏤空造型的金色十字架。站在近處，精靈石堡有種說不出的壓迫感和陰森。

「真是難以置信。」普利莫搖著頭止不住讚嘆道。

奔馳車駛入鐵門，穩穩地停在了石堡門前，有些亢奮的張越白從車上下來，兩腿一軟，險些跌倒，舟車勞頓讓他下肢發麻，一整天只吃了一頓飛機上的簡餐，根本不管飽。

一位身穿連衣荷葉邊長裙的黑人女性，從石堡裡款款走出，她看起來大約六十歲上下，扎了一個幹練的髮型。來到面前恭敬地向他們施了一禮，用英語自我介紹道：「我是管家摩里斯，歡迎三位來到精靈石堡。」

張越白職業習慣般的掏出名片：「我是七洲房地產公司的張越白，上周和您聯繫過。」

「原來您就是張越白呀！」摩里斯左手握住自己的右手腕，伸出的右手用力握了下張越白的手掌。

「這兩位就是想買精靈石堡的普利莫先生和亨麗埃塔女士了。」

摩里斯微屈身子，熱情地向他們伸出手，可普利莫連正眼都沒有瞧她一眼，而是把車鑰匙往她手裡一塞，用吩咐下人的口氣命令道：「替我們搬一下後車箱裡的東西。」

亨麗埃塔挽起丈夫的手臂，昂首走進石堡。

摩里斯絲毫沒有受到普利莫無禮的影響，笑著說：「張先生，就讓我帶您進去吧。」

「嗯。」張越白對著普利莫夫婦的背影白了一眼。

「張越白！怎麼是你？」

一個清脆的聲音從門後傳來，張越白發現面前是一位黑髮披肩，面容姣好的年輕女子。最關鍵的是，說的居然是他最熟悉的中文。

「你怎麼在這？」張越白驚詫萬分。

開闊的客廳中，張越白和夏凡在沙發上相對而坐，兩人視線一對接，張越白的臉一直紅到了脖根。

「師哥，我們有四年沒見了吧！」夏凡眨著一對明亮的大眼睛對張越白說道。

「其實是三年零六個月，最後見面是在我畢業的那天。」

「想起來了，那天你好像還對我告白了。」夏凡捂嘴笑道。

張越白傻笑起來：「你還記得呀。」

「是啊。那天你突然跑過來告白，真是嚇了我一跳⋯⋯」一說出口，就覺得自己失言了，連忙改口問道，「你應該已經忘了吧。」

「當然，我早就忘了，哈哈哈。」張越白無處安放的雙手搓著褲管，臉上掛著尷尬的笑容。

畢業典禮那天的場景像電影片段般，在他腦海裡反覆播放著。張越白是在新生歡迎會上認識了剛入學的夏凡，對清新美麗的她一見鍾情，憑藉著自己文學社社長的身分，成功邀請她加入了社團。不過夏凡參加社團活動算不上積極，一年裡張越白也見不了她幾面，只要有機會遇見，張越白總忍不住多看上幾眼，但始終壓抑著心裡的這份感情，沒有說出口的勇氣。臨近大四畢業，即將離開校園踏上社會，張越白生怕再也見不到夏凡，心有不甘的他準備了一本自己小說的文稿，在扉頁上寫下告白的話，趁著歡送會上送給了夏凡。可是，夏凡一句「對不起，我在大學期間不會考慮戀愛的事情」，如同一盆涼水，從頭澆到腳，整個人透心涼。人生第一次告白失敗，張越白回家抱著枕頭痛哭了一場，母親從來沒見過兒子這樣哭過，不知情的她還以為張越白是捨不得大學校園，直到有一次同學來家裡作客時，無意中說出了張越白告白一事，從而這件事淪為了母親的笑柄。只是心痛的回憶，張越白始終沒辦法走出來，在之後的生活中若有若無地影響著他，甚至在他寫的小說中，男主角也從未和女主角在一起過。

「你也是來賣精靈石堡的？」張越白看見夏凡別在胸前的胸牌，上面印著蘭尼房地產仲介公司的LOGO。

「嗯。畢業最後一年空餘時間比較多，我就找了這份工作實習，居然成為了你的同行。」

「話說回來，這個買家居然同時找了兩家仲介公司，還真是闊氣，要知道看房是需要預付定金的。」

「我們聯繫了精靈石堡的主人，免除了我們公司這邊的定金。」

「看來石堡的主人真的很著急用錢。」張越白暗自思忖道。

夏凡忽然認真地說道：「學長，這單業務的抽成可不少，我是不會輸給學長的。」

「對了，你是一個人來這裡嗎？」

張越白話音剛落，一個洪亮的聲音用英文問道：

「這位是……？」

張越白抬頭看見一個男人，黑色的頭髮和瞳孔，長著一副亞洲人的面孔，可擁有著不遜色於歐洲人的身材，足足超出張越白半個頭，身高接近一米九，筆挺的西裝用料考究，看得出他平時很注意自己身體的線條，一直有健身鍛鍊。

「徐經理。」夏凡看見男人拘謹地從沙發上站起來，向他介紹了張越白。

這位叫徐放的男人，是夏凡所在的蘭尼房地產仲介公司銷售經理，得知張越白也是來銷售精靈石堡的，男人敵意十足，立刻打斷了張越白和夏凡的交談。

「夏凡，客戶已經到了，你去準備一下資料，我們馬上帶客戶參觀石堡。」

夏凡只得暫別張越白，跟著徐放一起離開了客廳。

張越白看見徐放的一隻手搭在了夏凡的肩膀上，假意在交代工作上的事情，夏凡沒有任何的不順從。看起來這位上司和夏凡的關係可能比表面上看起來更複雜。

想起是自己提議堡主多聯繫幾個仲介公司掛牌出售，張越白恨不得給自己一巴掌。

「張先生，我已經收拾好您的房間，您的行李也已經拿到房間裡了。」摩里斯從樓上走下來。

張越白向摩里斯感謝道：「摩里斯，可以的話，您就直接叫我名字吧。」被尊稱為先生令張越白很不習慣。

摩里斯笑了起來，露出一排整齊而又潔白的牙齒：「好的，張，你的房間安排在二樓右手邊，走廊西側的第一間。你可以先休息一下，瓦倫蒂夫人將晚餐安排在了八點。」

張越白看了看時間，已經是晚上七點了，距離晚餐還有一個小時的時間。依照計劃張越白在晚餐前，需要帶領普利莫夫婦參觀和介紹整座精靈石堡。

「普利莫先生，下樓時請小心您腳下的臺階。」

循聲看去，徐放和夏凡一前一後，正與普利莫和亨麗埃塔夫妻倆一起從二樓走下來。

普利莫和亨麗埃塔換了身打扮，晚餐會與堡主見面，兩人都穿上了黑色的晚禮服和禮服裙，得天獨厚的身材優勢彰顯無遺。

徐放汎起討好的笑容：「普利莫先生，普利莫太太，就由我來帶領兩位參觀石堡吧。」

普利莫面無表情地說道：「這次我同時找了兩個仲介公司，是希望你們可以有競爭，別以為來到了索馬利亞就可以輕鬆賺到這筆生意的佣金。」

普利莫對喊住了張越白。

「喂，張！聽說你是第一個接受委託的人，過來和我們一起吧。我不想遺漏任何關於這座石堡的信息。」

張越白對他目空無人的姿態有些反感，猶豫了一下，還是換上職業的表情。

「普利莫先生，既然這樣，我們就從大門開始吧。」

皮鞋敲擊樓梯石階的聲音，在石堡空蕩的客廳上空回蕩。

張越白站在剛才進來的大門口，背著光，看起來高大了不少。確認在場的人用英語交流沒有障礙後，張越白開始說道：

「精靈石堡是由義大利十九世紀雕塑家、建築家馬爾蒂尼設計建造而成，據說是他看見了一塊巨大的怪石，突發靈感，耗費了三年的時間，將這塊巨石雕琢成為了一座城堡，後來因為戰亂，出於安全的考慮，馬爾蒂尼攜全家返回了義大利，這座石堡轉手賣給了一位當地的部落長老，因為捲入索馬利亞的內戰，長老手中的這座石堡輾轉幾次易手，終於在瓦倫蒂家族手中直到今日。精靈石寶的正面大門朝向東方，建築本身稍有些不規則，總體是呈南北方向的長方形，石堡分為兩層，內部結構基本算得上是左右對稱，除去客廳、餐廳、廚房等，共計有十個臥室。石堡內部的牆面並無過多裝飾，保留了石頭原有的天然肌理紋路，甚至還能看出人工雕鑿後的痕跡。花梨木的大門足有近三米高，做工精良，為了防止風沙進入，門框都做了密封處理，連一隻甲蟲都爬不進來。石堡的每個房間都有窗戶，但限於當年的施工工藝和設備有限，每個窗戶的尺寸大小都不相同，因為內部層高很高，所以一樓的窗戶都要高於常規高度，就算是近一米九的徐放，也只能踮腳勉強探出眼睛。窗戶上焊接了直徑三釐米的鐵柵欄，鐵柵欄內部是可以打開的玻璃窗。進入大門後是寬敞的客廳，巨型的吊燈垂落下來，提供整個客廳的照明，吊燈的造型十分奇特，有無數根黑色的線條從燈座處蔓延開來，像章魚一樣沿著天花板和牆面向四周延展，照明所需的電源線也就隱藏其中。客廳大門之上，懸掛著一排時鐘，分別寫著倫敦、紐約、東京、北京和莫斯科，主要是起到瞭解世界時間以及計算時差的作用。左手邊也就是客廳的南側，是與廚房相連的餐廳，以及管家摩里斯的房間。摩里斯始終在走廊旁的吧檯旁候命，隨時等待堡主的差遣。吧檯後的牆上，是一塊帶有磁性的白板，白板上打著線格，每一個格子裡都吸著兩把臥室的

出主人和設計師儒雅恬淡的品味，精靈石堡絕對是一座會成為經典的城堡。」

張越白將自己所知道關於精靈石堡的資料，一股腦全部說了出來。

一行人來到陽臺，普利莫注視著小麥田，不解地說道：

「這麼好的庭院，為什麼要種這種東西？實在不怎麼雅觀。」

張越白也不明白堡主為什麼會在古堡裡種植糧食，只能硬著頭皮胡亂猜測：「也許單純只是為了自己食用吧。」

「沒錯。」摩里斯在恰當的時刻附和道，「當子彈滿天飛的時期，食物會非常稀缺，囤積小麥也是瓦倫蒂家族的傳統，生命安全永遠是第一位的，這沒什麼奇怪吧。」

「還真是樸素的堡主。」普利莫帶有一絲諷刺意味說道。

「可是，有一件事是資料裡沒有提及的。」夏凡站出來說道。

張越白愣了一下，他想不到自己遺漏了什麼信息，看來剛才夏凡說不會輸給自己，並非單純的嘴上說說，而是有備而來。

徐放露出得意的笑容，將張越白擠到一旁，來到買家的面前：「普利莫先生太太，就讓我們公司的業務員來為你做專業的介紹吧。」

普利莫用手摸著下巴，等待夏凡的發言。

夏凡不著急說話，而是先問了個問題：「你們可曾想過一個問題，馬爾蒂尼先生為什麼一定要挑選在這個地方建造石堡嗎？這裡水路和陸路都不算方便，更算不上是要塞咽喉位置，在這裡施工費時費力，建成以後也沒有因此而名聲大噪，他究竟為什麼要這麼做？」

普利莫轉過身，對夏凡的話表現出極大的興趣。

「願聞其詳？」開口問話的是亨麗埃塔，她眨動著美麗的眸子。

夏凡說：「因為精靈石堡是一座建造在赤道之上的城堡。」

「赤道！」

張越白驚呼起來。索馬利亞確實是被赤道穿過的十三個國家之一，從摩加迪休機場一路過來，方位和距離上粗略推算，現在所在的位置確實有可能就在赤道附近。

「我翻閱了馬爾蒂尼先生的自傳，在書裡他透露了這個祕密。當年他經過精確的測繪和考量，將精靈石堡以赤道為軸中心對稱的設計建造。我猜麥田中間的這條路，應該就是赤道了。」夏凡指著陽臺外說道。

徐放洋洋得意地補充道：「我們現在正站在地球的零度緯線上。」

普利莫贊許地對夏凡點點頭，主動開口詢問關於馬爾蒂尼自傳中的其他內容，夏凡盡展所學，滔滔不絕地說了起來。被冷落的張越白無可奈何地在一旁絞著雙手。

石堡內部傳來鏗鏘的鐘聲，在石壁間回蕩，八下鐘聲過後，剛才說話的人全都安靜了下來，石堡內一片闃然，肅穆哀榮。

摩里斯從角落裡閃身出來，朝大家行了個禮：

「各位客人，晚餐時間到了。」

第三章　登場

一行人暫時放鬆了情緒，來到一樓進入餐廳，只見一張可以容納十幾個人的餐桌擺在中間，餐桌下面八條粗實的桌腳，承受著上千斤碩大石材桌面的份量，不由讓人想要知道這張巨大的桌子是如何搬進餐廳來的。餐桌周圍的餐椅並無過多的細節雕花，粗線條的造型讓像夏凡這樣身材纖瘦的人坐起來會稍微有些不舒服。

為了防止用餐時，積灰被吹進食物裡，餐廳的石壁被打磨得十分光滑，牆上唯一的窗戶位置出奇的高，站在桌子上才勉強可以夠到窗臺，仰頭能看見窗外掛滿星辰的夜空，室內的照明就完全依仗頂上那盞擦拭得一塵不染的吊燈。

精靈石堡的女主人瓦倫蒂・威爾娜穿著白色一字肩裙，露出性感的鎖骨，臉上化了淡妝，令她的五官更加立體，明眸皓齒，豐盈的嘴唇令人著迷，黑亮的肌膚在燈光映襯下，整個人如同從時裝秀的後臺走出來一般。

徐放看見瓦倫蒂，起身殷勤地行禮致意道：「尊敬的瓦倫蒂夫人，久仰您的大名，今天能在您這座恢弘的城堡裡和您本人相見一面，不勝榮幸。我代表蘭尼房地產仲介公司感謝您的信任，委託我們出售您的城堡。」

瓦倫蒂不卑不亢地道謝，款款來到餐桌的主賓座位，禮貌地向大家解釋自己遲到的原因：「很抱歉，讓大家久等了。我的女兒瑞吉爾身體不適，今晚她無法參加晚宴，她剛剛才在房間裡睡著。」

說完，瓦倫蒂側頭輕輕咳嗽了兩聲。摩里斯緊張地走到她身旁，問她是不是身體有恙。瓦倫蒂表示自己沒事，讓摩里斯可以開始晚宴了。

摩里斯從廚房裡端出食物，大多數都是蔬菜，主菜是魚和山羊肉，算得上東非奢侈品的蜂蜜和椰棗也擺上了桌。摩里斯詢問了是否有人喝酒，普利莫先生毫不客氣地說希望可以喝上一杯椰子酒，徐放也應聲附和，於是摩里斯給他們一人上了一杯酒，為其他人倒上了椰汁。

瓦倫蒂一手拿著酒杯舉過頭頂，邀請大家乾杯，以盡地主之誼。她指著擺在張越白面前一盤看起來像炒飯的食物說道：「我必須向諸位介紹這道摩洛哥的國菜，名叫蒸粗麥粉，是地道的非洲傳統菜，其主要食材可是來自於我們古堡自己種植的麥田哦。」

在滿桌的菜餚中，蒸粗麥粉是最不起眼的，可能由於口味問題，大家淺嘗了一口後，都不願意再碰一下。

坐在徐放和夏凡對面的張越白，不時注意著徐放的一舉一動，徐放對夏凡百般照顧，體貼地替她夾菜，夏凡報以感謝的笑容。兩人親昵的舉動令張越白十分不悅，徐放正想要拿一點蒸粗麥粉，張越白搶先一步，賭氣般地全部倒進了自己碗裡，得意地朝對方抬了抬下巴。

徐放將自己切好的山羊肉，遞到了夏凡的盤子裡，故意說道：「我切掉了你不愛吃的肥肉部分，你嘗一口。」

「謝謝。」夏凡表情甜甜地說道。

張越白心中一萬頭草原羚羊跑過，他往自己嘴裡塞了一大口蒸粗麥粉。

酒過三巡，普利莫向瓦倫蒂夫人提問道：「夫人，據我所知，這座石堡以前並不是現在這個名字，很好奇為什麼取名為精靈？難道你們家族是從北歐神話裡走出來的嗎？」

普利莫的玩笑引起一陣小聲的哄笑。

瓦倫蒂夫人表情冷峻，她掃視著每一位偷笑的人，直至所有人都不在發笑後，她才反問道：「普利莫先生，您知道精靈石堡名字的含義嗎？」

這個問題並沒有難度，精靈石堡本身就是從英語Jinni castle直接翻譯而來，想必在場的絕大多數人都知道。

普利莫先生的回答也是如此。

瓦倫蒂夫人微笑著說：「普利莫先生，身為非洲人您應該知道，在史瓦希利語當中，Jinni也是妖染的意思。」

「哐啷」一聲，有人手裡的杯子掉落在地上，張越白轉頭一看，亨麗埃塔正彎腰撿起桌腳旁的杯子，杯子裡白色的椰汁撒了一地。

「妖……染……？」普利莫結巴起來。

張越白第一次聽見「妖染」這兩個字，不知道到底是什麼意思，可是從普利莫夫婦驟然緊張的反應來看，妖染看起來並不是一個好的人或者東西。顯然，普利莫夫婦倆是知道些什麼的。

「什麼是妖染？」夏凡睜大眼睛好奇問道。

瓦倫蒂等嘴裡的食物咀嚼完，輕輕回答夏凡道：「我無法描述那是個什麼怪物，它簡直是兇殘、狠毒的惡魔，隱藏在東非大地之上，卻不是屬於這個世界的東西。它的外表和我們無異，可它卻有著野獸般牙齒和爪子，可以將人和動物輕鬆撕成碎片，它的形態能夠隨意變幻，它的皮膚可以和環境融為一體，只要它願意，就能變幻成岩石、木頭等任何物體，接近獵物的時候，單憑肉眼是無法分辨的，只有它身上血腥腐臭的氣味，會讓人感到一種難以名狀、肝膽俱裂的恐懼。妖染趁夜風而行，在混沌的黑暗中奔湧，以殺戮為樂，為人類帶來無盡的苦痛。」

夏凡聽了之後，嚇得身子不由往後縮了縮。

「可是這妖染和精靈石堡有什麼關係呢？」張越白不解道。

瓦倫蒂夫人說：「當然，妖染只是民間的傳說，我也沒有親眼見證過，所以賣房的資料上並沒有說明。據說這座石堡的上一任主人全家，他們是來自索馬利亞南部的迪吉爾部落，在某個恐怖的夜晚，他們被妖染滅門殺害，只剩下了男主人一個人，男主角拼命與妖染搏鬥，將它誘騙至石堡的地下室，並且用十字架封印住了它。」

「這麼說來，屋頂上的那個十字架，就是用來封印妖染的？」張越白問。

「沒錯。」瓦倫蒂點點頭，「這座石堡是由一整塊巨石建成，它的地下室完全密封，妖染無法逃脫，這裡也就成為了傳說中妖染的封印之堡。」

「這真是一座有著豐富歷史底蘊的城堡。」徐放生怕妖染的傳說嚇退普利莫夫婦，連忙打起了圓場。

「沒想到居然可以和妖染共居一室。」普利莫以戲謔的口吻對妻子說道。

徐放配合地笑了起來，大家也放鬆了下來，誰也沒再把這個話題當真。只有張越白依然啃著盤子裡的蒸粗麥粉，瞪著對面的徐放。

席間聊起了各種話題，豐富的菜餚也在閒談中慢慢變少，瓦倫蒂夫人的咳嗽似乎變得頻繁了起來，咳嗽聲多次打斷了她與別人的交談。

「你們聽見了嗎？」普利莫忽然停住了嘴裡正在咀嚼的肉。

其他人也都安靜下來，但什麼聲音都沒有。

「你少唬人了，這種荒郊野外能有什麼？」亨麗埃塔道。

「難道你們都沒有聽見嗎？」餐廳的吊燈在普利莫臉上投下陰影。

「好像是有東西在摩擦石頭的聲音。」徐放也聽見了。

「不會是妖染吧。」夏凡嚇得聲音都有點變了。

「沒準是石堡很久沒有來這麼多客人，讓妖染覺醒了。」徐放惡作劇般地嚇唬夏凡道。

「瓦倫蒂夫人，石堡的地下室是安全的吧。」夏凡擔心道。

「妖染只是傳說而已，夏小姐不必擔心。」瓦倫蒂夫人淡然一笑。

夏凡的憂慮並沒有被撫平，因為她也聽見了響聲，但不是來自於石堡內，而是從遠處傳來。

一分鐘以後，門外響起了嘈雜的汽車喇叭聲。

「好像有人在石堡外面，夫人，我出去看一下。」摩里斯打開了院落圍牆上的燈，快步走向了兩扇黑色鐵門，拉開門上的觀察孔，發現門外停著好幾輛吉普車，刺眼的車燈將圍牆外照得如同白晝一般。

從燈光中一個矮胖的輪廓朝摩里斯走來，眼睛慢慢適應了以後，摩里斯看見一位身著軍裝的男人，他身材不高，正圓形的腦袋上頭髮稀少，倒是下巴上蓄滿了絡腮鬍，四肢粗壯，走起路來虎虎生風，一隻手搭在腰間的槍套上，孔武有力的樣子，男人正用渾厚雄壯的嗓音說著什麼。

摩里斯聽不懂面前這個黑人男人在說什麼，她猜或許是義大利語。

男人走近觀察孔，用英語說道：

「我是巴哈爾・福斯卡少校，目前國家出現嚴重危機，需要臨時徵用你們的城堡，請打開門讓我們進入。」

摩里斯艱難地聽懂了他帶著口音的英語，將信將疑：「請您稍等，我需要稟報夫人。」

「你最好讓她看看新聞。」

摩里斯又看了眼他身後的車隊，車上全是荷槍實彈戴著貝雷帽的士兵，她關上觀察孔，小跑著返回了餐廳。

聽了摩里斯的話，眾人將信將疑，夏凡拿出手機，查閱起時事新聞，隨著手指在螢幕上滑動，臉色變得凝重起來。

「怎麼了？」徐放把頭湊過去一看，不由失聲地將手機上的新聞讀了出來，「新聞社二月十三日消息，据本國駐索馬利亞聯邦共和國大使館網站消息，索馬利亞伊波拉病毒疫情爆發，截止今晚二十點，索馬利亞境內十八個州纍計發現一百八十七個病例，其中確診一百五十六例，疑似三十一例，死亡人數九十八例。聯合國抗擊伊波拉疫情負責人表示，本次伊波拉疫情與以往相比，傳播速度更快，且主要集中在索馬利亞人流集中的城市地區。為了有效防範控制疫情，索馬利亞境內所有機場、公路和港口全部關閉。」

聽徐放讀完，張越白想起在機場被嚴格要求測量體溫，看來索馬利亞有意要控制疫情，只是蔓延的速度超出了他們的想像，不得不被迫封鎖整個國家。

「完了，我回程的機票要作廢了。」公司只安排了兩天的出差時間給張越白，本來後天他就要坐飛機回國。

瓦倫蒂夫人和摩里斯交頭接耳了幾句，瓦倫蒂夫人用餐巾擦了擦嘴，起身說道：「各位失陪片刻，我得去處理一下門口的事情。」

隨後摩里斯走到張越白身旁，向他求助道：「張，可否請您跟我一起出去一下，需要您幫助翻譯一下義大利語。」

張越白爽快地答應了，隨後將碗裡僅剩的燕粗麥粉一口吞下。

來到門口，巴哈爾・福斯卡少校已經等得有些不耐煩了，態度不太友善地重述了一遍先前說的話。

摩里斯在張越白的耳旁低語了幾句，張越白用義大利語向對方說道：

「精靈石堡是私人領地，恕瓦倫蒂夫人無法答應您的請求。」

「我不是在請求你，這是命令。」巴哈爾少校冷酷得如同雕塑，以可怕的眼神直直地盯著瓦倫蒂夫人。

對方手裡的武器，讓瓦倫蒂夫人有所顧忌。

「我有什麼可以幫忙的嗎？」張越白替瓦倫蒂夫人翻譯道。

「我們車上有幾名外國人，他們來自於疫情嚴重的地區，需要進行隔離觀察，但是目前所有的醫院都人滿為患，只能將這裡徵用為臨時隔離地點。」

「為什麼選精靈城堡？」張越白自己又加了一句，「難道就不怕我們被感染伊波拉嗎？」

巴哈爾少校說：「經過我們的核實，你們的城堡裡，也都是今天從機場過來的人，必須接受隔離限制，不得隨意離開，所以才選擇這裡作為隔離點，城堡裡的人一個都不准離開。」

「實在抱歉，我恐怕要讓您失望了。」瓦倫蒂夫人堅決又不失禮貌地拒絕道。

「這可由不得你們。」巴哈爾少校摸了摸腰上的槍，語氣裡帶著威脅。

巴哈爾少校伸出一根手指指向張越白，說道：「況且，那幾個外國人和你一樣。」

「和我一樣？」張越白不解道。

巴哈爾少校朝身後的車隊揮了揮手，招呼車上的人下來。儘管眼睛被車頭的強光照得刺痛，但張越白還是看見三個男人走了過來，身高和比例像是亞洲人的樣子。兩名端著步槍的士兵緊隨其後，時刻保持著戒備。

等三個男人走近才看清楚，他們手裡各自提著行李，臉上都戴著口罩，首先開口的是一個戴著假髮的矮個子，看見張越白的臉不由高興起來：「你是從哪兒來的？」

「中國。」

「真是巧了，我們也是。」

矮個子和張越白說起了中文，聊得不亦樂乎。

車上下來的三人是「中非文化交流團」的成員，前來索馬利亞進行文化交流活動，活動為期一個星期，今天剛剛抵達，說起來他們和張越白還是坐了同一班飛機，張越白在機場看見的中文接機牌應該就是接他們的。交流活動的第一站是到奇斯馬約，但是由於伊波拉病毒爆發，公路全部被封閉而無法入城，加上機場的人口流動非常大，已有不少感染者被確認去過機場，所以凡是出入過機場的人都必須進行隔離觀察，在奇斯馬約附近索馬利亞政府能想到的地方就只有精靈石堡了，也沒有比它更加合適的地方了。

瓦倫蒂輕輕閉上眼睛，答應下來：「好吧。」

摩里斯打開大門，引導三個男人進入石堡，而巴哈爾少校則謝絕了摩里斯的邀請，他說道：「我奉命看守精靈石堡，我和我的部隊暫時駐紮在院子裡，為了防止病毒傳播，我會嚴格看守石堡的出入口，在圍牆外佈置崗哨，在沒有接到上級任務之前，任何人不得出入石堡的大門一步，否則格殺勿論。」

「難道把我們當成囚犯嗎？」瓦倫蒂夫人不滿地抗議道。

「夫人，現在是非常時期，希望你不要讓我為難，子彈可是不長眼的。」似乎是要樹立自己的威信，巴哈爾少校朝門外的吉普車吹了個口哨，吉普車各自就位，打開了車上的探照燈，依靠這些燈光照明，石堡外沒有任何能夠躲藏的視線死角，車上的士兵轉動車頂的機槍，兩挺機槍黑洞洞的槍口正對著唯一的出入口——黑色的鐵門，任何人想要從交叉的火力中出入，都絕無生還的可能。

瓦倫蒂夫人的臉色驟變，受到了莫大的侵犯一樣，但對方蠻橫的態度，她無可奈何地回到石堡裡。

餐廳裡一下子來了這麼多人，普利莫驚訝地看著陌生的面孔。

「這三位是你們的同事嗎？」普利莫問張越白。

「不不不……」張越白連忙擺手，不知該不該說出他們來到這裡的原因，為難地看向瓦倫蒂夫人和摩里斯。

瓦倫蒂夫人沒有想要隱瞞的意思，向大家說明了情況。

「張先生，就麻煩您為大家介紹一下新來的這幾位吧。」

「很願意為您效勞。」張越白請三個男人入座後，挨個介紹起來。

首先是三人中年齡最長賈顯光，梳著一絲不苟的油頭，他身上的衣服和晚餐的氛圍相得益彰，灰色的西裝三件套，修身的剪裁，一看就是高檔訂製款，不知是不是錯覺，他腳上那雙手工製作的皮鞋踩在木地板上所發出的聲音，有別於其他人的腳步聲。可能因為天熱的緣故，他沒有戴禮帽，而是夾在腋下，看著裝打扮就能猜出他的職業是一位魔術師了。

第二個介紹的是喬冰，他的身高算是在座所有人裡最矮的了，和最高的普利莫要將近差了一個腦袋的高度，喬冰是個性格很開朗的人，剛才在門口和張越白熱情攀談，才緩解了瓦倫蒂和巴哈爾少校劍拔弩張的氣氛。他是一名雜技小丑演員，他沒有穿自己的演出服，而是一身休閒打扮，用英文和每個人熱情地打招呼。

三個人裡面，就屬沈括年紀最小，二十出頭的樣子，消瘦的身材令身上的白襯衫看起來尺寸偏大，他始終戴著口罩，被挺拔的鼻梁撐起的口罩上，是一雙目光憂鬱的眼睛，左邊的眼角處能看見一條淡淡的傷疤。沈括似乎不太適應這樣的場合，簡短介紹自己是一位職業棋手後，安靜地坐到了角落的位置上。

「是哪一種棋？」徐放感興趣地問道。

「圍棋。」

「非洲也有人下圍棋嗎？」

沈括皺了皺眉頭，如實答道：「我只是代表棋院來進行一場表演賽，並沒有對手，希望可以通過這次中非文化交流的機會，普及圍棋這項運動。」

「我聽說下圍棋的人大腦機能比較發達，會比普通人聰明不少，是不是真的？」夏凡好奇道。

沈括淡然一笑：「還好吧。」

「夏凡你要是每天對著棋盤練習八個小時，也能成為職業棋手，和聰不聰明沒多大關係。」徐放不以為然地說道。

摩里斯又去廚房為新來的客人製作了晚餐，賈顯光和喬冰很快就和大家打成一片，為大家表演起拿手的節目來，餐廳裡變得熱鬧起來。

賈顯光伸出雙手，向大家展示手裡什麼都沒有，他的右手在半空中虛抓了一把，塞入握著空拳的左手，吹一口氣，變出了一大束鮮花，他嗅了嗅，送給了夏凡。順勢請夏凡替他檢查一下那頂禮帽，夏凡裡裡外外仔細翻看後確認禮帽沒有問題，賈顯光拿著禮帽，將手伸入帽中，瞬間取出一隻白鴿，鴿子撲棱著翅膀，順從地站在了他的胳膊上。還沒等眾人反應過來，賈顯光雙手一交叉，一隻鴿子變成了兩隻。

大家發出讚嘆聲。

「怎麼做到的？」夏凡滿臉不可思議的表情。

「各位看我的。」喬冰招呼大家圍在一起，讓每個人把自己的碟子給他，他將碟子摞成一疊，高舉雙手指揮大家一起拍起了手，在大家有節奏的拍子中，喬冰開始將碟子丟向空中，然後又接住，隨著節拍的加快，喬冰手裡拋接的碟子也越來越多，一個、兩個、三個一直到了九個，連眼睛都跟不上手的速度，一個不小心所有碟子都將會摔得粉碎。但喬冰還是完成了他的表演，穩穩地接住了九個碟子，贏得一片喝彩聲。

熱烈的氛圍中，張越白發現唯獨沈括保持著安靜，眼神中透露出幾分警惕。

「普利莫先生，您的夫人呢？」碟子的數量不對，有人發現亨麗埃塔不見了。

「她上樓回房間休息一會兒，可能她覺得這石堡裡人有點多。」普利莫眼神裡露出一絲狡黠。

張越白心裡清楚亨麗埃塔上樓的真正原因，畢竟他們攜帶的巨額現金就在房間裡，雖然外人無法進入石堡，但石堡一下子進來三個年輕力壯的男人，又是和兩家仲介公司來自同一個國家，難免會懷疑他們是不是衝著錢來的。在索馬利亞遭遇搶劫，也算不上一件很意外的事情，這一點，普利莫夫婦一定比張越白更清楚。

晚餐結束，摩里斯為新客人各自安排了房間，將一把臥室鑰匙交給每個人。魔術師賈顯光和雜技小丑喬冰住一樓相鄰的兩間房間。圍棋手沈括住二樓走廊北側唯一空閒的房間，也就是張越白的隔壁。

所有人回到自己房間，公共區域的燈光熄滅，更深夜靜，石堡內鴉雀無聲，只有木製品熱脹冷縮時傳出的微弱聲音。

窗外探照燈射出的光柱，不時從窗口上掠過，以石頭建成的城堡，閃著銀白色的光輝，追憶著古老智慧的光輝。

第四章　血案

張越白平躺在床上，遠離故鄉，令他難以入眠。尚未消化的食物還殘留在體內，胃部有些脹氣，他盯著玻璃窗上的反光，精神格外地集中，耳朵裡能聽見一些難以察覺的聲音，像是門外的走廊上有人在說話。

會是誰呢？

難道是隔壁房間那位新來的棋手沈括？

張越白翻身起床，沒有開燈，光著腳來到門邊，耳朵貼在門板上，能聽見對面房間開門的聲音，幾聲腳步之後，傳來三下清脆的響聲。

是敲門聲！

似乎還有人在低聲低語，以及木門開合的聲音。

張越白的腦子「嗡」的一下炸了，對面兩個房間分別住的是徐放和夏凡，這麼晚了還在竄門？從聲音判斷應該是徐放進入了夏凡的房間，已經是接近凌晨了，他們偷偷摸摸地背著所有人，孤男寡女同處一室，該不會是……

胃裡一陣翻騰，張越白如同吃了蒼蠅般噁心，他不敢繼續想像，可是又按捺不住想要一窺究竟的好奇心。

他輕輕拉開門鎖，將門打開了一條縫隙，將臉慢慢地擠出去，走廊上空無一人，對面夏凡房間的木門緊閉，從門縫下洩出淡淡的燈光，看來是還沒有睡。

張越白躡手躡腳地走向夏凡的房門，石頭的地面有些微涼，赤腳走在上面寒從腳起，他不由打了個冷顫。幾步之遙的距離，彷彿走了一個世紀般漫長，張越白屏氣凝神，在貼近門把手的位置偷聽房間裡的聲音，雖然房間裡說話的聲音很輕，但在一門之隔的走廊上，張越白聽得清清楚楚。

「夏凡，我之前和你說的事情，你考慮的怎麼樣了？」

「我……我還沒想好。」

「難道你看不出來我對你是真心的嗎？嫁給我吧。」

「徐經理，你先起來。」

「別再叫我徐經理了，這次帶你來索馬利亞，就是不想再在別人面前掩飾我們的關係了。」

「我想靠自己的努力完成這筆業務……」

「要不是我拜托了我爸，你也不可能有機會接觸到大客戶。」

「我一定會感激您和總經理的。」

「怎麼感謝呢？」

徐放壞笑一聲，隨後聽見房間裡一陣碰撞聲，以及粗重的呼吸聲。

張越白不由握緊了拳頭，熱血在胸口湧動，真想衝進去教訓一頓徐放，可又覺得出師無名，自己這種偷聽的行為本身也不光彩。

就在這時，對面的走廊出現了一個可疑身影。

走廊窗外的燈光一閃而過，黑影隱匿在了黑暗之中。

張越白背脊上升騰起一股涼意，人一下子清醒了許多。

剛才看到的到底是什麼東西？面對黑洞洞的走廊，張越白什麼都看不見，可剛才確實看見了什麼。

他把注意力集中在了對面走廊上，那裡是瓦倫蒂夫人和普利莫夫婦的房間。張越白聽見自己的心跳聲越來越快，不由用手抹了把頭上滴下的汗水，才發現自己已經是大汗淋漓。

聽到了！

張越白這次確定無誤，半夜偷偷在二樓走廊裡的不止自己一個人。

不對！聽到的明明是尖銳物體和石壁的摩擦聲，聲音更靠近地面，是腳趾上的指甲嗎？對方一定是和自己一樣，幹著不可告人的祕密才會光著腳吧。但轉念一想，不對，人類會有這麼長的腳趾甲嗎？

難道不是人類？

又是一束光照進窗戶，張越白看見瓦倫蒂房門口，一個人形的怪物，它的四肢閃著攝人魂魄的寒光，整個身體隨著光線的變化，正慢慢和地面的石頭融為一體，若不是張越白的視線一直沒有離開它，還真的分辨不出來那裡有東西。

怪物緩緩扭過頭來，張著一張血盆大口，亮出如野獸般參差不齊的牙齒，腐肉的腥臭味撲鼻而來，怪物似乎也察覺到了張越白的存在，威脅般地皺起鼻子，對著張越白露出醜陋的皺褶，這恐怖的一幕幾乎令張越白暈厥過去，試圖逃跑但渾身發軟沒有氣力，就算腳步慢慢向後挪動，也無法消除怪物所散發出來的巨大恐懼感。倒是怪物毫不在意張越白的存在，沒把他當成威脅，怪物轉過頭去，貼在了普利莫夫婦房門上，身體就像沒有骨頭一樣柔軟，從門下面的縫隙鑽進了房間，轉眼從張越白眼前消失不見了。

張越白呆然而錯亂地站在原地，一時間分不清這究竟是夢境還是幻術，面前黑暗中的怪物彷彿仍在睨視著他。他沒辦法尖叫，喉嚨裡彷彿被塞進了一團棉花，發不出任何聲音，神經已經麻痺，手腳都動彈不得，視線也開始模糊起來，他被難以言喻、肝膽俱裂的恐懼嚇破了膽，終於支撐不住，重重地栽倒在地，眼皮闔了下來。

張越白做了惡夢。

他夢見自己參加了夏凡的婚禮，新郎是徐放。在追光燈的光暈裡，夏凡妝容精緻，穿著白色拖尾婚紗，牽著徐放的手，款款走向舞臺中央，主持司儀在話筒裡叫著張越白的名字，讓他把新人的對戒拿上來。張越白低頭一看，發現紅色的戒指盒正在自己手裡呢。眾人的目光投向了張越白，他只得硬著頭皮捧著戒指盒上臺，炙熱的燈光打在身上讓他口乾舌燥，他鬆了鬆襯衫領口，來到徐放和夏凡的面前。徐放斜著眼，用鼻孔對著張越白，一副勝利者接受降書時趾高氣昂的姿態，從張越白手裡拿過戒指，向臺下的眾多親友顯示起，白金戒指上兩克拉的鑽石。在司儀的引導下，徐放單膝跪地，握住夏凡的左手，將戒指戴上她的無名指。張越白再也忍不住了，他一把抓住夏凡的手，連聲說道：「不要嫁給他，不要嫁給他。」

不料夏凡「哇」的一下哭了起來，哭喊著質問他為什麼要破壞自己的婚禮，並且用力想要掙脫他的手，徐放怒罵著站起身來，重重地給了他一記耳光。

從夢魘中驚醒過來，張越白睜開眼睛，太陽穴脹痛不已，左邊的臉頰火辣辣地疼。面前是一個陌生的男人，張越白緩了兩秒鐘，想起這個男人是那位叫沈括的棋手。

「你終於醒啦！」沈括說。

張越白才意識到自己正躺在精靈石堡二樓的走廊上。

不對！

張越白猛地從地上坐直身子，驚恐地說道：「我看見妖染了！我看見妖染就在二樓。」

沈括用一種難以置信的眼神看著張越白，疑問道：「妖染？」

「沒錯。我親眼看見的。」張越白回憶起剛才恐怖的一幕。

「你怎麼會昏倒在這裡？」

張越白穿著睡衣，光著腳的樣子難免讓人覺得可疑。

「我本來想去上個洗手間的。」張越白露出尷尬的表情。

對面走廊一陣嘈雜，張越白趕快岔開了話題：「燈怎麼都打開了，大家都沒睡覺嗎？現在幾點了？」

沈括看了眼手錶：「現在是凌晨兩點。」

沒想到自己昏迷了兩個小時，要是讓夏凡知道自己如此膽小，怕是在她心中的形象更差了。

「看來你還不知道發生什麼事情。」沈括皺了皺眉頭。

看見沈括不苟言笑的神色，張越白覺得有點不對勁。

「出什麼事了嗎？」

沈括默然點頭，朝南側走廊努努嘴。

張越白轉過頭，發現嘈雜聲來源於瓦倫蒂夫人的門口，瓦倫蒂夫人和普利莫正在激烈地爭論著什麼，張越白連忙向他們走去，突然感覺腳底板涼颼颼的，腳下一滑，一屁股摔倒在地，尾椎骨差點就斷了。

「啊！」張越白發出叫聲，並不是因為疼痛，而是他糊了一手紅色的黏稠液體。

「血……血……全都是血……」

張越白乾嚥了一口唾液，雙腿止不住地打顫。他沿著血跡慢慢移動目光，只見血跡向自己的左右兩邊延伸開來，一頭顏色較深，中斷在普利莫夫婦的房門口，另一頭顏色漸淡的痕跡一路往下，在樓梯上畫了一個弧度，如同書法中的枯筆，紅色的痕跡最終淡化在了一樓的客廳木地板上。

「張，你沒事吧。」摩里斯從樓下一路小跑到張越白身旁，將他從地上扶了起來。

「這到底是怎麼回事？」張越白用英語問道。

「發生了可怕的事情。」摩里斯嘴唇抖動，啞聲道。

不知是不是張越白剛才那聲叫喊，驚動了所有人，一樓的賈顯光和喬冰走了上來，徐放和夏凡也從各自的房間裡出來，大家都是一副睡眼惺忪的樣子，看起來很不高興從睡夢中被吵醒。

「摩里斯。」瓦倫蒂夫人含著淚，張開雙臂，蹣跚著走向自己的女管家。她米白色的睡裙下擺血跡斑斑，異常豔麗。瓦倫蒂夫人的身上有一股煙味，聞起來像是有東西燒焦了。

摩里斯一把摟住瓦倫蒂：「夫人，究竟是誰做出如此殘忍的事情！」

瓦倫蒂夫人沒有應答，伏在摩里斯懷裡抽動著肩膀。不明就裡的大家，七嘴八舌地安慰著瓦倫蒂夫人。而普利莫先生保持著冷靜，他沒有理會瓦倫蒂夫人的眼淚，而是推開了瓦倫蒂夫人房間的門，謹慎地走了進去，似乎在尋找什麼。

「普利莫先生！」摩里斯試圖阻止他。

「我想知道究竟發生什麼事情，畢竟我的太太失蹤了。」

沈括也跟了進去，大家揣著好奇心也魚貫而入，張越白走在了最後一個。

「大家留心不要踩到血跡。」走在前面的沈括提醒了一句。

張越白進入房間後，地板上一片焦黑的痕跡，焦味更加濃重了，石壁和天花板被燻成了黑色，除此之外，牆上、家具上還有多處血跡。瓦倫蒂夫人的房間是套房，進門以後是她的臥室，比起其他客房要寬敞不少，家具比起城堡裡其他地方也要闊氣不少，跟著燃燒的痕跡穿過主人的臥室，通往床對面的一扇門。

「那裡面應該是瓦倫蒂太太女兒瑞吉爾的房間了。」夏凡對大家說道，看得出精靈石堡的平面結構已經印刻在她腦海中了。

雖然瑞吉爾的房門虛掩著，可依然能聞到濃重的血腥味混合著嗆人的煙味，直衝鼻腔。

普利莫用手指緩緩頂開房門，所有人屏氣凝神，神情專注地望著門內，張越白看見夏凡害怕地抓住了徐放的手臂，不由別過頭去不看他們。

房門緩緩開啟，映入大家眼簾的是一間被火燒過的房間，由於石堡本身是由石頭構成，結構上並沒有受到火災太大的影響，但房門和房間裡的家具，都遭受到了不同程度地燒毀。火災應該很快就被撲滅了，看起來不算嚴重，還是能看出房間裡原來的佈局。

女孩瑞吉爾的房間像極了醫院的病房，堆滿各種了醫用器械。約十五坪大的房間，有一扇朝東的窗戶，和其他房間一樣窗戶上裝有鐵柵欄，房間靠內側的角落裡，擺著一張兒童床，床上有許多絨毛的卡通玩偶，床邊擺著一臺電子儀器，和儀器相連的各種線路胡亂地垂落著，一根孤零零的點滴鐵架立在儀器旁，房間裡剩下的空間裡擺了兩個鐵皮櫃，櫃子裡塞滿了各種醫療用品和藥物，靠近以後都是酒精消毒水的味道。房間的牆壁上有不少劃痕，應該是某種銳利的東西造成的，這裡看起來進行過一場激烈的搏鬥，加上噴灑得到處都是的水，整個畫面看起異常狂亂。

從房間裡諸多醫療器材來看，瓦倫蒂夫人沒有說謊，瑞吉爾確實生病了，只是比她所說得要嚴重得多。

但房間裡帶給大家的震驚不僅於此。

「啊！死人！」夏凡發出驚叫聲，眼前一片漆黑，暈厥了過去。張越白想要扶住她，卻又被徐放和喬冰搶了先。張越白只得往房間裡挪步，越過其他人的肩膀，如同地獄般的景象映在了他的瞳孔之中。

就在房門的背後，一具被燒焦的女性屍體臉部朝下，頭髮披散光著腿倒在門邊，已經沒有了呼吸。屍體周圍散落了一些玻璃碎片，從痕跡上來看，屍體是整個房間裡燒毀最嚴重的，從頭到腳沒有一處是好的，儘管如此，還能看見屍體上有被利器割開的痕跡，傷口向兩邊捲起，像某種炸熟的食物，觸目驚心。

「是瑞吉爾！」摩里斯從屍體上僅存的衣服碎片，認出了地上的是主人的女兒。

瓦倫蒂夫人渾身發抖，對著女兒的屍體失聲痛哭起來。

在瓦倫蒂夫人的哭聲中，張越白已經失去了思考的能力，下意識地注意到屍體衣服上的卡通人物，和床上的玩偶是一樣的。

「到底是誰會做出這種事！」

「這應該是殺人！」身為魔術師的賈顯光一語中的。

「太可怕了！」

張越白感覺身體裡有東西想要衝破喉嚨湧出來，他乾嘔了幾聲，終於體會到比剛才更深的恐懼。

「我的太太在哪裡？」普利莫焦急地問道。在一覽無遺的房間裡，除了瓦倫蒂・瑞吉爾的屍體以外，再沒有其他人了。

大家不約而同想到了走廊地上的那條血色拖痕，喬冰指向樓梯說道：「上樓的時候看到樓下好像也有血跡，一直通往樓梯下。」

「那裡有什麼？」普利莫大聲問摩里斯道。

「那是地下室的門。」

普利莫在走廊上狂奔起來，順著血痕一路衝向了地下室。痕跡在樓梯下的牆角處被截斷，整面石壁上除了有幾個血痕，看不出什麼端倪，普利莫在石壁上來回拍打著，實心的岩塊讓他手掌生疼，但有一處卻發出了空洞的聲音，再仔細看，發現這裡竟然有一扇門的輪廓。原來是木門被貼上了薄薄一層石塊，使得它和旁邊的石牆融為了一體。

摩里斯跟了上來，她走近石壁，雙手撐著門輪廓的兩側，用力一推，地下室的門從牆中彈了出來。普利莫的額頭冒出汗珠，站在打開的門前，也不敢貿然進入地下室。他注意地下室門內側的把手上沾有血跡，看來是有人進去過了。

門內沒有光線，普利莫質問道：「摩里斯，開關在哪裡？」

「就在門口的地方有一根燈繩。」

普利莫將手伸進門內，在半空中胡亂抓了一把，什麼都沒有摸到。

張越白也幫著一起摸索，他的手掌碰到了一根細繩，握起手掌往下一拉，地下室的鎢絲燈亮了起來，腳下是一排往下的石階。

普利莫帶頭拾階而下，二十階的臺階足足走了五分鐘，每走一步，他都會留神地下室的動靜。鎢絲燈照出橘黃色的燈光，映照出普利莫眼中的血絲，閃現對下一秒無法抑制的恐懼，看得出他內心十分害怕。

普利莫叫喚著妻子的名字，俯視如洞穴般的地下室，石牆回響著他的聲音。

來到大約只有二十坪的地下室，將近四米的高度並不讓人覺得壓抑，只是大部分區域都被鐵柵欄隔開，只留下了一米寬的一條走道。柵欄裡擺著一張床，床上鋪著滿是窟窿的破毯子，鐵柵欄上有扇矮小的門，上面掛著一截生鏽的鐵鏈，鏈條沒有閉合上鎖。

「這地方就像個監獄！」走在普利莫身後的徐放說道，「給我們公司的石堡平面圖資料有假，並沒有標註這個地下室的功能。」

摩里斯嘴唇上下開合，咂了一下嘴，表達對徐放的不滿。

鐵柵欄內似乎有什麼東西在蠕動，恰好在燈光照射範圍之外，大家都不敢再往前一步，只是漫無目的地望著這團模糊影像。

夏凡打開手機鏡頭上的燈，對準了那裡。

鐵柵欄內亮了一點，大家紛紛拿出手機效仿，整個地下室亮堂了起來，柵欄形成的條狀陰影之中，能看見一個人躺在地上，準確地說，是躺在了血泊之中。

「亨麗埃塔！」普利莫顧不得臭味，推開鐵門衝了進去，幾隻碩大的老鼠四散逃竄，躁動地吱吱直叫。

普利莫想要搖醒她，可面前的亨麗埃塔如同從血池裡撈出來一樣，頭髮都黏連在了臉上，眼睛緊閉，只有從脖子和手臂上的皮膚才能看出地上的是一位白人女性。她身上的衣服已經被血染得分辨不出顏色來了，看起來傷勢很重，除了呼吸，沒有了任何反應。普利莫在她的身旁發現一個黑色的包，拉開包扣只看了一眼，氣憤地將包摔在了地上。

張越白也認出了那隻包，正是普利莫夫婦汽車後車箱裡放工具的包，從現在包癟塌下去一塊的樣子來看，裡面應該少了些東西。

「還有呼吸！」摩里斯發現地上「屍體」的腹部在輕微的起伏。

普利莫試圖挪動她，被摩里斯阻止了。

「她傷得很重，已經失去了意識，在不瞭解傷勢的情況下搬動她，很可能會造成二次傷害。」

普利莫異常冷靜地說道：「到底是誰把她帶到這裡來的。」

「妖染！一定是妖染幹的！我看見它進入瓦倫蒂夫人的房間了。」張越白爆發了，這接連兩副血腥恐怖的場面，終於壓垮了他心裡承受的底線。

地下室裡的人們受到他的感染，紛紛驚惶地四下張望，生怕一個轉頭就看見傳說中的怪物。

「恐怕她堅持不了多久，我們必須送她去醫院。」夏凡提議道。

暫時沒有人去移動亨麗埃塔，眾人走上石階，離開地下室，聚集到了大門前。

玄關處，發生了更加不可思議的現象，由兩道鮮血交叉而成的「X」，塗在了花梨木的大門和門框上，宛如被封印的地獄之門。

推開大門，徐放和賈顯光兩位高大的男人率先走了出去，院子裡聽見動靜的士兵們立刻攔住了去路，不住地揮舞手臂，示意他們退回石堡之內。

徐放和賈顯光試圖與他們說明石堡內的情況，對方也在大聲朝他們說著什麼，雙方都有點情緒激動，甚至互相有了激烈的肢體接觸，場面變得混亂起來。

擠在人群中的夏凡不知被哪名士兵撞了一下，跌倒在地。

張越白的身體也被架著動彈不了，只得衝著所有人喊道：

「都住手！大家快住手！」

情急之下他說了中文，由於語調很憤怒，令得士兵們的態度也更加強硬。

「砰——砰——」

兩聲震耳欲聾的槍聲在院子裡響起，巴哈爾・福斯卡少校舉著手槍從門外走進院子，命令道，「誰都別動！」

所有人都安靜下來，自覺站成了兩派，不敢再動一下。

張越白顧不得別的，跑去攙扶坐在地上的夏凡。

「能站起來嗎？」

「好痛！」夏凡表情痛苦，眼淚已經在眼眶裡打轉了。

張越白看見她的腳踝已經腫了起來，估計是沒法走路了。

「可能扭傷了。」

巴哈爾少校徑直走向了他們，張越白感受到了一股可怕的氣息。蹲在地上的張越白抬頭一看，一個黑洞洞的槍口頂在了自己的腦門上。

「你是不明白自己在什麼地方嗎？」

張越白腦袋彷彿被抽乾了一樣，一片空白，什麼話都說不出來。

「少校！」瓦倫蒂夫人的聲音有點虛弱，可還是保持著威嚴，替張越白解圍道，「他只是在照顧受傷的同伴。」

巴哈爾少校摸了把自己的絡腮鬍，發出洪亮爽朗的笑聲：「我敬佩這位年輕人的勇氣，從來沒有人敢在我的槍口前違抗我的命令。」

「請相信我們並沒有惡意，只是發生了可怕的殺人事件。」瓦倫蒂夫人克制住悲傷告訴他，石堡裡有兩個人遇到了襲擊，一死一傷，希望可以立刻送傷者前去醫院就醫。

沒有了張越白翻譯，巴哈爾少校對瓦倫蒂夫人的話一知半解，他往石堡門內瞧了一眼，一下子就看見了門上畫著的那個紅色「X」，他驚慌地往後撤了一步。

「你們所有人全部退回到石堡之內，不許再跨出這扇門。」

巴哈爾・福斯卡少校垂下的槍口又舉了起來，他戴起口罩，如臨大敵的樣子。

「至少讓受傷的人離開吧。」張越白爭取道。

「是啊！」

「我們沒辦法待在這座石堡裡了。」

眾人附和道。

「這座石堡裡有妖染，你不能讓我們白白送死。」張越白激動地喊道。

「我再給你們最後一次機會，要麼你相信我會開槍，要麼就相信傳說中那隻該死的怪物。」

巴哈爾少校打開了手槍的保險，身旁的士兵也都做好了射擊準備，嚴陣以待。

「你沒有權力這麼做，我們不是囚犯。」

賈顯光和喬冰抗議道，張越白用義大利語重複了一遍。

巴哈爾少校冷笑道：「在奇斯馬約我就代表權力！現在是非常時期，如果有人試圖破壞國家的安全，我手下的任何一名士兵都允許開槍射擊。」

隨後，精靈石堡的大門被緩緩關上了。

摩里斯找了兩位男士幫忙，將地下室裡的亨麗埃塔抬了出來，由於她的房間在較遠的二樓，於是就將傷重的她安置在一樓摩里斯自己的房間裡。二樓瓦倫蒂・瑞吉爾的屍體被蓋上了白布，她的房間也被上了鎖，不再允許有人進入。

大家重新聚集到了餐廳裡，瓦倫蒂夫人撫著額頭，身子深深地陷入椅背中，悲傷地啜泣著。普利莫先生背著雙手，視線瞥向窗外，發現石堡外更加明亮了，看來巴哈爾少校將所有能用的燈都集中在了石堡上，大有一隻蒼蠅都不會放走的架勢。

「就這樣把我們囚禁在這房子裡，要是出了意外誰負責？」徐放邊說邊揉著自己剛才撞疼的膝蓋。

「該不會真的有什麼妖染吧。」喬冰擔心道。

「寧可信其有，不可信其無，你沒看到剛才巴哈爾少校聽見『妖染』兩個字臉色都變了嘛？」徐放說。

身為魔術師的賈顯光，對於傳說中的妖染持保留意見。

「我們大家還是應該坐下來，把今晚發生的事情捋一捋。」張越白提議道。

張越白環顧了一下身旁，發現少了兩個人，普利莫和圍棋手沈括不見了蹤影。

普利莫帶著自己的隨身行李走進了餐廳，可能是妻子重傷的緣故，他顯得很憤怒，嘴裡罵罵咧咧道：「這該死的房子，居然只有一個出口，現在一群軍隊封鎖了大門，都沒辦法離開這鬼地方。」

張越白試圖安撫一下普利莫的情緒，但看到他這麼激動，想想還是放棄了。想去餐廳外面找找沈括，剛走到一樓客廳，就聽到地板的響動聲，一個消瘦的身影出現在張越白面前。

「你去哪兒了？大夥兒都等著人湊齊討論今晚的事情。」張越白抱怨道。

沈括晃了晃手裡的手機，說道：「我給大使館打了電話，索馬利亞疫情嚴重，所有的公路已經封閉，大使館沒法派車前來接應，看來現在大家只能待在石堡裡了。」

沈括的舉動讓張越白意識到，這位年輕人比在場所有人都沉著冷靜得多。

「各位，請到餐廳集合！」餐廳裡傳來徐放渾厚的聲音。

循聲走去，其餘七個人圍坐在餐桌旁，等待張越白和沈括入座。

人員集合完畢，徐放忙不迭地問道：「瓦倫蒂夫人，這到底是怎麼回事？快跟我們說說。」

「我太太在這裡出了事情，如此不祥的石堡，我是絕對不會買的。」普利莫賭氣般地說道。

瓦倫蒂夫人低頭不語，神情黯然，要不是有這麼多外人在場，她可能已經控制不住大哭起來。摩里斯展開雙臂，做出下壓的安撫手勢，替自己的主人解著圍：

「各位都是精靈石堡的賓客，很抱歉讓你們經歷了這樣一個夜晚，夫人受了較大的刺激，可能沒辦法表達清楚，我在房間裡聽夫人說了一次剛才的狀況，現在就由我來重述一遍吧。」

對於自己昏迷的兩個小時，張越白和其他人一樣，都想知道發生了什麼事。

摩里斯以瓦倫蒂夫人的視角，為大家描述了整件事。

當時瓦倫蒂夫人已經上床入睡，窗外的燈光照射進房間，還不是有士兵嬉笑的聲音，讓她睡得不太踏實，只是迷迷糊糊間打著瞌睡。不知是不是錯覺，她覺得有人在自己房間裡走動，睜開眼睛，發現女兒瑞吉爾的房門虛掩著。

睡覺前瓦倫蒂夫人曾經去看了一眼瑞吉爾，瑞吉爾的高燒一直沒有退，夜晚氣溫下降，瓦倫蒂夫人生怕女兒著涼，就替她關上了房間裡唯一的窗戶。瑞吉爾很少起夜，加上生病，如果有事一定會叫自己的。起初懷疑自己疏忽，於是起身開燈前去查看，見到了讓她幾乎崩潰的一幕。

瑞吉爾被拖到了地上，一個人正伏在她的身上，撕扯著她的身體，地上散落著碎片和血塊，聽見瓦倫蒂夫人發出的動靜，那個怪物回過頭來，一對如野獸般的褐色瞳孔，放射著嗜血的光芒，醜陋的喉結上下蠕動，喉嚨裡發出窒悶的咕噥聲，咧開嘴唇露出尖銳的黃色牙齒，陣陣腐爛惡臭從它的嘴裡散發出來，頭上披著稀疏而又糾結的毛髮，它的皮膚乾枯粗糙，能看見上面佈滿了青色的血管，如同退化的無毛猴子一樣，這隻醜惡的怪物簡直令人作嘔。

瓦倫蒂夫人想要大聲叫人，卻因為恐懼只發出了很輕微的叫聲，但還是驚動了怪物。怪物暴躁地走動起來，打翻了裝著酒精的玻璃瓶，瑞吉爾的身上瞬間燃起了火。

怪物撇下了瓦倫蒂夫人和瑞吉爾，從瓦倫蒂夫人的身邊擦肩而過，衝出了房間。地上的拖痕，應該是怪物先襲擊了亨麗埃塔，將她拖到了地下室裡，張越白也正是在那時看到妖染進入普利莫夫婦的房間。

瓦倫蒂夫人想要撲滅瑞吉爾身上的火，可沒想到撥水反而讓火勢更大了，瑞吉爾也沒有了任何掙扎，瓦倫蒂夫人明白自己的女兒可能已經死於非命了。

亂了分寸的瓦倫蒂夫人，大腦無法保持平靜，她走出房間去叫摩里斯，看見了躺在北側走廊地上的張越白，誤以為他也遭遇了妖染的毒手，終於瓦倫蒂夫人再也抑制不住情緒，大叫了起來。

首先被驚動的人是住在北側走廊的沈括，他第一個進入瑞吉爾的房間，只看了一眼，就被眼前慘烈的景象震驚了，沈括立刻用布蓋在瑞吉爾身上，才將火滅了。摩里斯及時趕到撲滅了其他地方的火，然後帶著瓦倫蒂夫人離開了她的房間，在門口遇到了聞訊趕來的普利莫，他說自己的太太不見了。這時，沈括發現了躺在地上的張越白，將他喚醒過來。住在一樓的賈顯光和喬冰跟著地上那條血痕跑了上來，住在二樓的徐放和夏凡也相繼從各自的房間裡出來，聚集到了瓦倫蒂夫人的房門口。

「你真的看見妖染了嗎？」普利莫對張越白的話半信半疑。

「千真萬確，何況又不止我一個人看見，瓦倫蒂夫人也看見了。」張越白回答道。

賈顯光忽然想到了什麼，向摩里斯提問道：「這所房子還有其他出入口嗎？」

摩里斯搖了搖頭說：「大門是唯一的出入口。」

「這麼大的石堡，地下室恐怕會有暗道吧。」身為魔術師的賈顯光，想法總是比普通人多一點。

「絕對沒有。精靈石堡建造在很堅硬的石基上，挖一條密道所要花費的人力物力，相當於再造一座石堡的代價了。」摩里斯斬釘截鐵地說道。

「門口又有士兵看守，這麼說來，我們現在是不可能離開這裡了。」喬冰無力地搖頭道。

「不，我的意思是……」賈顯光的目光從每個人臉上掃過，說出了自己的想法，「如果殺人的是妖染，說不定它還在這座石堡裡，但如果殺人的不是妖染，是有人在裝神弄鬼，假扮成妖染的樣子殺人，那麼兇手應該就在我們這些人之間。」

大家互相對視起來，無法掩飾地露出猜疑的神情。

「這實在太恐怖了。」夏凡含著淚縮了縮身子，怯怯地與所有人保持著距離。

張越白吸了口氣，活動活動僵直的頸椎，緩和一下緊蹦的神經，他摸著脖子說出自己的困惑：「剛才為什麼巴哈爾少校的態度突然一百八十度大轉變？是我們誰惹惱他了嗎？」

「能惹惱少校的人也只有你了。」徐放沒好氣地說道。

「一定是你說了哪句話讓他不高興了。」賈顯光不爽地說道。張越白對他們尖酸的譏諷也十分理解，剛才衝突時高大的他們倆衝在最前面，沒少挨揍，現在正憋著一肚子的怨氣無處發洩。

「伊波拉！」是一個男人的聲音。

眾人心裡一抽，張越白瞥向說出這個詞的沈括，臉上一陣慘白，提心吊膽地問道：

「巴哈爾少校態度轉變和伊波拉有什麼關係？沈先生。」

沈括冷靜地分析起來：「各位剛才一定看見了大門上的血跡，伊波拉病毒是可以通過血液傳播的，巴哈爾少校一定是怕被傳染上疾病才突然驚慌起來。我們本來就是因為疫情被隔離在此，現在石堡裡發生了血案，巴哈爾少校如果將我們放出去，萬一病毒傳染擴散，他是要負全部責任的，他不會願意冒這樣的險，身為一名軍人，他寧願犧牲我們的性命，也絕不會違抗上級的命令，我相信如果有人再踏出大門一步，他們一定會開槍的。」

大家臉色驟變，爆發出一陣驚嘆聲。

「我們才沒有什麼該死的伊波拉呢！」普利莫握緊拳頭道。

「院子裡的士兵才不管這些呢。」摩里斯說。

沈括繼續說道：「為了安全期間，我建議先將整個石堡搜查一遍，以免有除了我們之外的人或者怪物存在。」

對於沈括的提議大家沒有異議，摩里斯留下來照顧瓦倫蒂夫人和腳踝受傷的夏凡，其餘六個人分成兩組，分開搜查一樓和二樓。徐放和賈顯光組成一隊，喬冰自然而然加入了他們，他們從摩里斯手裡取得鑰匙後，開始上樓搜查二樓房間。沈括拍拍張越白，遞給張越白和普利莫各一柄掃帚，提醒道：

「可以用這個敲擊城堡的石壁，看看有沒有隔間和暗道之類的存在。」

普利莫憂心忡忡地獨自走在前面，張越白和沈括跟在他後面，從一樓的北側房間開始搜查。

「我看見妖染從門縫下進入瓦倫蒂夫人的房間，恐怕這座石堡和外面的部隊根本困不住它。」普利莫收住腳步，轉身嘲諷地冷笑道：「妖染的皮膚可以變幻成任何的圖案，就像在森林中的變色龍，就憑我們幾個人的肉眼，是絕對不可能發現它的。」

「那我們還搜個什麼勁！」張越白洩氣地放下了掃帚。

沈括眨了眨眼：「現在我們身處非洲，對於妖染這樣的神祕力量知之甚少，但也存在人為的可能性，我們做這番搜查，是希望可以排除掉一些可能性。」

「你們外國人會相信妖染的存在嗎？」普利莫問道。

「我可是親眼所見，況且不止我一個人看見。」

普利莫轉動眼珠看向沈括，沈括抿了抿嘴，說：「我持保留態度。」

「無論有沒有妖染，我們的搜查注定徒勞一場。」普利莫低聲說道。

大約過了半個小時，整個石堡的搜查工作全部完畢，大家回到餐廳集合匯總。室內所有的窗戶和門全都完好無損，除了兇案留下的痕跡，也沒有其他值得懷疑的地方了。

第五章　重演

伊波拉病毒在一九七六年被發現於非洲剛果的伊波拉河地區，由此得名「伊波拉」。伊波拉病毒引起的出血熱，是當今世界上最劇烈且最致命的傳染疾病。伊波拉病毒目前尚無有效的治療方法，疫苗也尚未研發出來，一旦染上死亡率甚至可以高達９０％。伊波拉可以通過體液和血液直接接觸傳播，潛伏期從兩天到三個星期不等，發病初時和普通感冒沒什麼兩樣，幾個小時後突然發燒、腹痛、關節痛或者是頭痛等症狀，進一步發展為嘔吐、腹瀉以及人體的內外出血，眼睛和耳朵都會流血不止，病毒對人體除了骨骼和肌肉之外的所有器官加以侵蝕，體內壞死的組織器官會從口中嘔吐出來，恐怖的景象就像是一個活人慢慢溶化一般，在六至十天之內，病人就會死亡。伊波拉病毒先後爆發過十次，沒有人知道每次大爆發後，病毒會潛伏在哪裡，醫學家依然有許多不解之謎，可以說一旦感染上伊波拉病毒，幾乎就等於宣判了死刑，唯一可以阻止它蔓延擴散的辦法，就是將已經感染的病人與外界隔離開來。

看到這裡，用手機查閱有關伊波拉病毒資料的張越白關上了螢幕，沒想到遇上的竟是如此可怕的病毒，也難怪巴哈爾少校看見門上的血會反應這麼大。

張越白想到自己曾經身上沾到過血跡，應該是瓦倫蒂・瑞吉爾和亨麗埃塔的血，心裡湧起了不安，瓦倫蒂夫人說過瑞吉爾在生病，該不會是在伊波拉的潛伏期吧。如果這樣那自己豈不是已經感染上了病毒？

胃裡一種空蕩感，張越白突覺噁心，衝進了洗手間，趴在馬桶上乾嘔起來。黃色的嘔吐物噴濺在了馬桶內壁上，散發出難聞的氣味，這讓張越白更想吐了。

直到再也吐不出什麼來，張越白才癱軟地坐倒在地上，大口地喘著氣。想要沖掉馬桶裡的污穢之物，找了一圈，馬桶上擺著幾隻鴨子造型的塑膠小玩偶，除此之外，沒有任何沖水的按鈕。張越白想起精靈石堡裡洗手間的裝修，使用了現代化的智能設施，張越白在馬桶旁的牆上找到了遙控器，取下遙控器，按了沖水鍵，水流從馬桶內壁四周漫出，沖刷乾淨了嘔吐物，隨著一聲沖水聲，馬桶被沖洗得一乾二淨。

在洗臉池前，雙手掬起一捧清水，洗了一把臉，張越白清醒了許多，看著鏡子裡的自己，有點憔悴，似乎還消瘦了一些，該不會是正處在伊波拉的潛伏期吧。

哪有這麼巧合的事情！

張越白拍拍頭，試圖將這個念頭從腦海中驅除出去。水龍頭「嘩嘩」的流水聲，隱去了窗外各種奇怪的聲音，張越白怔怔地望著水池底部，水流在池底激起白色的泡沫，下水孔形成的漩渦，逆時針旋轉起來。

想到自己在非洲荒野的古老石頭城堡內，出現傳說中的妖染殺人，只有電影裡聽聞過的伊波拉病毒就在身邊，一切都有些不真實。

關掉水龍頭，漩渦被捲入黑色的下水口中，慢慢消失。如同這座石堡內，在看不見的地方究竟有怎樣的深淵，蟄伏著始料未及的可怕惡行。

就在張越白尚未完全信服妖染殺死瓦倫蒂．瑞吉爾一事時，令人意想不到的兇案再度發生。

「普利莫先生！普利莫先生！」

「怎麼沒人回答？」

「啊！啊！妖染又殺人了！」

張越白被樓下的喊聲吵醒，看了眼時間，上午的八點十分。由於時差以及陌生環境的關係昨晚張越白輾轉難眠，直到六點鐘才睡著，僅僅兩個小時的睡眠時間，令張越白頭腦發張，眼睛乾澀，處於一種渾沌的狀態之中。

為什麼一大清早，大家都在喊普利莫先生？

就在張越白迷惑時，自己的房門也響起了敲門聲。

張越白打開門來到走廊上，只見摩里斯的臉上寫滿了驚恐，張越白還來不及開口問話，賈顯光和喬冰從摩里斯的身後擠出來，氣勢洶洶地衝進了張越白的房間。

「昨晚回到房間以後，你有沒有離開過自己的房間？」賈顯光問道。

「怎麼了？」張越白被問得丈二和尚摸不著頭腦。

賈顯光沒有作答，而是和喬冰在房間裡轉悠了一圈，東看看，西摸摸，就像兩個滿心懷疑的偵探。

「你們這是幹什麼？」

「普利莫先生死了，看起來很可能是他殺。」賈顯光以沉著冷靜的口吻問道，「石堡之中你和他是最熟的吧。」

「只是因為他想買精靈石堡的緣故，我和他才有了聯繫，不過也只是昨天在機場第一次見面罷了。」張越白試圖減輕他們對自己的懷疑。

喬冰拿起張越白的鞋子，查看了一下鞋底，對著賈顯光搖搖頭，疑惑道：

「難道真的是妖染幹的？」

賈顯光失望地甩甩手，示意張越白一起下樓。

「你也來幫忙吧。」

張越白相當忐忑，步伐猶豫地跟在他們身後。

來到一樓，客廳裡的光纖比昨天明亮了許多。所有人都擠在北側走廊上，張越白經過他們身旁的時候，體會到了他們身上憂慮和恐懼的心情。

昨天普利莫選擇的那間客房大門敞開，能看見外側的鎖孔上插著鑰匙。

「我能幫什麼忙嗎？」張越白躊躇地站在門口，不知道是該進去還是不該進去。

「怎麼也算是你的客戶，屍體也應該你來料理一下。」徐放將責任推卸得乾乾淨淨，彷彿他和普利莫毫無關係一樣。

張越白進入室內，他首先感受到的是比陽光更刺眼的燈光，讓剛起床的他有點難以忍受。家具的佈置和自己的房間完全一樣，但從地上的痕跡可以看出，所有的家具都不在原來的位置上，被撞得歪歪扭扭。一個床頭櫃傾倒在地上，普利莫的衣服散落一團。

當張越白看見屍體的時候，就明白了為什麼房間會這麼凌亂了。

普利莫仰面躺在床上，頭垂在床外，像是故意要向眾人展示他觸目驚心的脖子。脖子上血肉模糊，血已經凝固，看不清傷口的具體形狀，但應該是被利器割開或是野獸撕咬的，他應該死亡已經有幾個小時了。兩隻渾濁的眼睛望著天花板，半張的嘴巴裡，飛出一隻蒼蠅，在張越白的腦袋四周「嗡嗡」地繞行了兩圈，彷彿在抗議驚擾自己的用餐時間，張越白揮手驅趕，蒼蠅穿過窗戶的柵欄，飛出了石堡。

看見了血，張越白嚇得捂住口鼻，從房間裡退了出來。

賈顯光雙手架在門框上，攔住了張越白的去路：「怕什麼，要是我們中有人感染了伊波拉，按照石堡裡的設施條件，恐怕誰也活不了。」

雖說賈顯光的話沒錯，但張越白覺得這位素未謀面的魔術師，總是處處針對自己，不知是哪裡得罪他了。

張越白只得目光躲避開普利莫的屍體，在房間裡找尋起來，門鎖沒有被破壞的痕跡，窗戶上鐵柵欄也牢固依舊。床頭櫃上放著普利莫的手機、錢包以及一把這個房間的鑰匙，在床底下放著那隻放工具的黑色大包，看來普利莫從地下室拿了回來。張越白把包從床底的陰影中拖了出來，當著所有人的面打開了包。

黑色包裡有不少醫療用品，各式各樣的手術刀裝在一個捲起的刀囊裡，一支針管和幾個棕黑色的玻璃瓶，上面貼的標籤上印著Made in China，看到是祖國生產的物品，張越白不由多看了幾眼標籤，上面有中文的藥品——檸檬酸吩坦尼注射液，張越白不知這是什麼藥物，於是把藥遞給了門口的沈括，讓他用手機查一下這是哪種藥。

繼續翻包，包裡還有一些摺疊起來的透明塑膠袋，以及醫用手套和口罩若干。

張越白回想普利莫夫婦的簡介，並沒有提及過和醫療相關的經歷，也不是從事醫護工作，為什麼特意要帶著這麼多醫療器材來精靈石堡，這麼沉的一個包還特意拿到房間裡來，難道不嫌重嗎？

「查到了！」

張越白思緒被打斷，沈括在手機上查到了檸檬酸吩坦尼注射液的注釋。

「檸檬酸吩坦尼注射液是由中國湖北宜昌生產的一種常用藥物，是人工合成的強效麻醉鎮痛藥，主要用於手術的麻醉輔助以及鎮痛。」

「難道他們是要給誰做手術嗎？」摩里斯看看左右的人。

「誰知道呢！」

「可是買家資料上並沒有說他們是從事醫務工作。」夏凡說。

張越白把黑包先擱一旁，開始尋找那隻裝錢的挎包，普利莫絕對不可能讓它離開自己的視線範圍，可是房間裡找尋不見挎包，當然也包括包裡的那筆錢。

張越白問眾人：「誰是第一個進入這個房間的人？」

「是我。」摩里斯舉起一隻手。

「有人動過這裡的東西嗎？」

「沒有。」

「這就奇怪了。」張越白喃喃自語起來。

「你發現什麼問題可以和大家分享，畢竟大家是坐在一條船上的。」徐放說。

「為什麼你們說是妖染殺了普利莫？」

徐放咂了咂嘴：「該怎麼說呢？」

看徐放面露難色，張越白就知道他明顯是隨大流地說妖染殺人，其實根本沒搞清楚狀況。

「還是我來說吧。」沈括主動介入，條理清晰地將前因後果交代清楚。

「早上八點不到，摩里斯來到普利莫的房門口，普利莫睡前交代摩里斯在八點叫醒他，可是到了時間無論怎麼敲門都沒有應答，房門裡面上了鎖，從外邊打不開，摩里斯擔心出事，就去南側走廊的吧檯取了鑰匙，打開了普利莫房間的門，打開門以後就見到了現在的這般景象，當時住在普利莫對面的賈顯光和喬冰兩位也都看見了。」

「沒錯。門確實鎖著，鑰匙開門時還有鎖舌的聲音。」喬冰證實了沈括的話。

「能打開普利莫房門的鑰匙只有兩把，其中一把是摩里斯從吧檯取來的，而另一把則在死去的普利莫口袋裡。而這就是關鍵所在，因為只有妖染才能完成這次的殺人。」

「這沒道理啊。假設有人要殺害普利莫先生，只要去吧檯拿了鑰匙，進入房間行兇後，用鑰匙反鎖房門，再將鑰匙放回吧檯即可。」張越白分析道。

「在普通情況下，這樣做是沒問題的，但昨晚不可能。」

「什麼意思？」

摩里斯插嘴道：「昨晚我沒有回自己房間睡覺，因為夫人擔心妖染會再度出現，我整晚都坐在吧檯裡守著，一直到天亮為止，我發誓沒人拿走過鑰匙。」

從張越白現在所在的位置，往客廳方向望去，能看見南側走廊上位於餐廳門口的吧檯，和石堡裡大多數木製品一樣，吧檯同樣也是花梨木材質，高度大約一點二米，以摩里斯的身高坐在吧檯內應該可以看到整個客廳，南側走廊除了摩里斯的房間之外，就只有廚房和餐廳，沒有其他人會待在那裡，如果要拿到鑰匙，無論是在一樓還是二樓的人，必定需要穿過客廳。吧檯前方沒有任何遮擋物，如果有人從客廳走向吧檯，絕不可能逃過摩里斯的眼睛。吧檯後方的白板上，每間臥室都應該有一把備用鑰匙，此時卻有一格是空的。

「會不會你打了個盹，被人鑽了空子？」

「我確實睡著了一小會兒。」摩里斯小聲承認，隨即提高嗓門說道，「但如果有人靠近我，我絕對不可能毫無察覺。」

張越白沒有被說服，並非不信任摩里斯說的話，而是誰也沒辦法控制自己在睡夢時的狀態。

「不止是摩里斯，還有一個人也可以證明。」沈括指了指身邊的喬冰。

喬冰說道：「石堡房間裡的床墊太軟，我以前練雜技時腰部受過傷，一定要睡硬板床才行，否則第二天起床舊傷復發，連走路都困難。所以我昨晚就在房間裡打了地鋪，夜深人靜的晚間，我的頭貼著地面，哪怕是一根針掉落的聲音都聽得清清楚楚。我的睡眠質量不高，通常睡得很淺，如果有人在客廳的地板上走路，地板發出的聲音一定會吵醒我，可我直到早上聽見了摩里斯的腳步聲才醒來的。」

正如喬冰所說，一樓的地板從客廳一直鋪設至南邊的走廊，地板似乎年久失修，每一處踩起來都會有聲音。在精靈石堡所處的環境下，一樓鋪設地板並不是明智之舉，甚至讓人懷疑設計師是否在這裡有些失誤。

「真應該修一下這些地板。」張越白在地板上來回踱步，發現沒有一塊地板是安靜的。

「張先生。」一直在角落裡沒有發聲的瓦倫蒂夫人，慢慢走向張越白，「你知道為什麼我一直沒有修繕這些地板嗎？」

張越白思索了幾秒鐘，搖頭說不知道。但他心裡有另外的想法，瓦倫蒂夫人拋售精靈石堡，而且要求現金支付，可能經濟上出了點問題。從一位房產仲介的專業角度出發，這麼大的石堡平時的維護支出是一筆不菲的花銷，可不是一般有錢人能夠承受的。

「是為了防盜才鋪設地板的。」瓦倫蒂夫人向張越白解釋起來。

精靈石堡占地大，選址偏僻，建造伊始正處於索馬利亞內亂時期，監控攝像的技術尚未普及，石堡的安全只有依靠雇傭大量人力來維持，堡主需要投入不少的金錢。隨著索馬利亞內亂漸漸平定，武裝守衛成為了沒有必要的一筆花銷，減少院子裡的守衛可以省下一大筆錢。但問題隨之出現，石堡是身分和財富的象徵，難免引起一些盜賊打起了謀財害命的主意，石堡內發生了幾起失竊案之後，原先的堡主向精靈石堡的設計師求助，希望可以提供一套行之有效的防盜措施。

一個月之後，設計師帶著修改好的方案，開始對精靈石堡進行改造。為所有的窗戶加裝了鐵柵欄，在石牆外鑿開缺口，放入鐵柵欄後用混凝土整體封固，如此一來，鐵柵欄和石堡外牆融為一體，要破壞鐵柵欄必定會損壞外牆，提升了牢固程度。這樣就防止盜賊從窗戶進入室內，整座精靈石堡只有從大門進出。設計師大膽地將原先一樓的地磚敲除，重新鋪設了木製地板。在鋪設前，將用來枕墊地板的木龍骨露天堆放，使這批木龍骨含水率相差較大，有的不到10%，有的則高達25%以上。鋪設工作完成之後，木龍骨會受到氣候和溫度的影響，慢慢重新平衡自身的含水率，這一過程中導致變形，從而使得走在地板上就會產生響動，就算是一隻貓夜晚進入石堡之中，也會立刻被室內的人發現。可以說，設計師將一樓的地面變成了一個報警器。

聽完瓦倫蒂夫人的這一席話，張越白終於明白了為什麼大家認為是妖染殺死了普利莫。拿到鑰匙就必須踩在地板上，而踩在地板上所發出的聲音，是不可能逃過所有人的耳朵，除非兇手有一對翅膀。

「如果普利莫不是妖染殺害的，那就是有人製造了密室來殺人。」沈括做了總結。

聽見「密室殺人」，張越白來了精神，他致力於創作的推理小說，正是以密室為主，但是這個詞很少有人會在日常中使用，沒想到居然在現實世界中聽見有人說出來，這感覺彷若遇見了久覓的知音。

其他人對於密室殺人這種只發生在小說裡的事情並不關心，開始討論該如何應對妖染這個怪物。

「妖染是想把我們一個個全部都殺光嗎？」夏凡戰戰兢兢地問道。

「妖染的殺人沒什麼規律可言，但目前來看，它還沒有對我們下手。」說這句話的時候，徐放朝瓦倫蒂夫人和摩里斯看了一眼。

徐放話中有話，至今為止遇襲的瓦倫蒂・瑞吉爾以及普利莫夫婦，都是索馬利亞本地人，如果妖染出於某種原因只襲擊本地人的話，接下來最危險的就是瓦倫蒂夫人和她的管家摩里斯了。

「地下室裡的柵欄真的是用來囚禁妖染的嗎？」有人問道。

摩里斯回答道：「從我來到這座石堡以來，就沒有見過妖染，精靈石堡的由來，也只是說在石堡之下封印著妖染，並沒有特指石堡的地下室。」

張越白想起瓦倫蒂夫人曾經說過，精靈石堡頂上的十字架，正是起到封印的作用。

這時，瓦倫蒂夫人突然想到了什麼，向樓梯旁一扇開在西側石牆上的窗戶走去，靠近窗邊，就能感受到室內外的溫差，窗外的炎炎烈日將大地炙烤得滾燙，連空氣聞起來都有股焦味。士兵已是汗流浹背，但仍然盡忠職守地堅守崗位，兩人一組在圍牆內外來回巡視。

由於無法外出，瓦倫蒂夫人把臉貼近鐵柵欄，試圖往石堡的頂上看一眼十字架，可實在沒有角度，臉上反倒蹭到不少鐵柵欄上的鐵銹。但很快她就發現了一件震驚不已的事情，捂住嘴，指著窗外語無倫次地驚聲尖叫起來：

「妖染……妖染，真的是妖染殺人！」

不知道窗外到底有什麼，竟讓瓦倫蒂夫人如此驚惶無主。誰也不敢靠近窗邊，生怕一個不小心就丟了性命，張越白想著外面還有士兵看守，妖染膽敢現身行兇，恐怕會被子彈打成馬蜂窩。

張越白自告奮勇地來到窗邊，朝外望去，沒有任何異常情況，張越白回頭看了眼瓦倫蒂夫人，她驚魂未定的樣子，不像是裝出來的，張越白猶豫了一下，又仔細地觀察起窗外的景象。

外面空地上是精靈石堡投下的巨大陰影，不規則的邊緣勾勒出城堡的輪廓，順著影子往前看去，是一個略帶弧度的石堡頂部。

頃刻間，張越白臉上顯露出和瓦倫蒂夫人相同的表情，喊了一嗓子，連連後退。

「到底怎麼了？像中邪似的。」徐放揶揄道。

張越白用不安的聲音說道：「用來封印妖染的十字架不見了。」

現場一片死寂。

賈顯光和喬冰擠到窗邊一看究竟，果不其然，在石堡影子的頂部，確實什麼都沒有。吵鬧聲驚動了外面的士兵，他們朝窗戶裡的人做著後退的手勢，嘴裡大聲說著什麼。距離隔得太遠，賈顯光和喬冰聽不清他們在說什麼，於是用手指指向天空，大聲解釋起十字架消失的事情。

士兵們搖著頭，語氣變得蠻橫起來，舉起槍瞄準了窗戶。

這一舉動惹惱了賈顯光，他衝著士兵們揮舞拳頭，以示抗議。

一排子彈打在窗戶周圍的石牆上，濺起的碎片將窗戶上的玻璃砸得粉碎，賈顯光沒有料到士兵們會毫不猶豫地開槍，躲閃不及，左邊臉上被玻璃碎渣割傷，鮮血直流。

槍聲震耳欲聾，所有人都捂住耳朵蹲了下來，幾位女性連聲大叫，夏凡抱著頭，藏進了徐放的懷中，就連一直保持鎮定的沈括也茫然無措，吃驚地張大了嘴。

張越白看看摟著夏凡的徐放，又看了看窗外，愕然道：「看來他們是動真格的了。」

第六章　魔術

圍坐在餐桌旁的人們臉上，掛滿了睡眠不足的黑眼圈，以及寫滿了恐懼。賈顯光傷勢不算嚴重，摩里斯幫他清洗了被玻璃擦傷的傷口，塗上了本地草藥製成的藥水，疼得賈顯光「絲絲」地倒吸著氣。

餐桌上的早餐也不見有人吃，大家都沒什麼胃口，和昨天晚餐時熱鬧的氣氛截然相反，今天在座的各位甚至連開口說話的意願都沒有，大家的注意力都被電視機裡的新聞吸引過去。

電視裡通報著今天索馬利亞國內的疫情情況，在過去的二十四小時內，確診病例新增了七倍，而且還在不斷持續增加，索馬利亞成為了世界上最嚴重的病毒感染地區。伊波拉病毒在醫療體系極其脆弱的索馬利亞蔓延，恐慌引起了全國的混亂，醫院裡送進了大量的病人，所有的病房人滿為患，甚至是醫院的走廊上都站滿了等待檢查的人，原本沒有感染的人，反倒在醫院檢查的時候感染上了病毒，醫院成為了最大的傳染場所。巨大的醫療壓力，導致索馬利亞全國醫院醫療物資匱乏，有時候為了救助病人，缺少裝備的醫護人員不得不暴露在危險的環境中繼續工作，在最新的新增病例中，就有不少是醫護人員。

這場疫情受到了全世界的關注，牽動各國人民的心，各國政府都在積極調動救護隊伍和救援物資趕赴索馬利亞，在病毒面前，全人類團結一心，展現出勇敢面對的決心，這讓處於疫情之中的索馬利亞人民看到了希望。

舉全國之力對抗病毒的索馬利亞，短時間內不會解除禁令，這座精靈石堡依然會是一座封閉的城堡。

張越白來到夏凡的身旁，詢問她腳踝的傷勢，夏凡的情況沒有看起來那麼糟糕，腳踝依然紅腫，綁著冰袋冷敷，不像之前那般疼痛了。沒說上幾句話，徐放跑來對夏凡噓寒問暖，故意要打斷他們的交談。

「祝你情人節快樂！」徐放冷不防地拿出一個包裝精緻的禮物，塞到了夏凡的手裡。

過了幾秒鐘，夏凡才反應過來，今天是二月十四日情人節。

「這個……這個……」夏凡有點尷尬地看了眼張越白。

徐放藉遞送禮物的動作，身體不斷靠近夏凡，把張越白擠得幾乎沒地方站了，張越白自覺無法和高富帥相提並論，見此情形，以免自討沒趣，暫別夏凡另找人搭話。

想起剛才沈括說起過「密室殺人」，自詡推理作家的張越白想找人聊聊這個話題，找了一圈，發現沈括蹲在餐廳的門邊，似乎在看什麼有意思的東西。

「看什麼呢？這麼認真。」張越白拉了拉褲管，在沈括旁蹲了下來。

「餐廳的門吸被人拆下來了。」

沈括指了指餐廳木門後方的下側，能看見一個圓形的痕跡和兩個螺絲鑽出的小窟窿。

「我記得昨天還是好的。」張越白轉頭看了看餐廳的另一扇門，門上的門吸完好無損。

「剛才問了摩里斯，她也不知道門吸什麼時候沒了。」沈括擰著眉毛，很認真地思考起來。

張越白擺擺手：「誰會要這個玩意！估計無意中損壞了，不知被誰一腳踢到哪個角落裡了。」

「也許吧。」沈括站起來身來，放棄了對一個門吸失蹤的「調查」。

沈括適時地切入了自己的話題，饒有興趣地問沈括：

「你也看推理小說嗎？」

「為什麼這麼問？」

「剛才聽你說起密室殺人，普通人可不會用這種詞，只有看過推理小說裡的人才這麼說話。」

「我平時只看棋書，不愛看小說，現在的推理小說可比圍棋的邏輯差多了。」

張越白臉頰微微發燙，感覺沈括說的就是自己寫的推理小說，避免尷尬地咳嗽了一聲，附和道：「是啊。現實可比小說離奇得多了。那你到底是怎麼知道密室殺人的？」

難得有感興趣的話題，張越白不依不饒。

沈括撇了張越白一眼，看到他滿懷期待的眼神，回憶起來：「在我家鄉遇到過一次這樣的事情，兇手製造了一個密室，殺害了我好朋友的父親後偽裝成自殺。」

說起曾經不幸的事情，沈括眼神黯然，表情相當悲痛。

「你的家鄉是……？」

「安息島。」

「就是那座傳說中一夜之間消失的島嶼？」

沈括遲疑了一下，承認道：「沒錯。」他有點意外，居然有人知道這樣一個小地方。

長期創作推理小說的張越白，對於現實中光怪離奇的事件特別關注，他曾經看到過關於那個小島的報道。

「很抱歉讓你想起了傷心事。」張越白沒想到自己打破砂鍋問到底，竟然會得到這樣的答案。

反倒是沈括安慰起他來：「別放在心上，我們現在的情況比那時候糟糕多了。」沈括低垂眼眉，微微朝張越白探出身子，神祕兮兮地問道：

「說起密室殺人，你覺得精靈石堡裡發生的血案，有沒有可能不是妖染幹的？」

這個問題如一道電流，穿過張越白的全身。

在普利莫房間裡沒有找到那個裝錢挎包的時候，張越白心裡就有過懷疑，難道妖染也需要錢嗎？

「如果不是妖染殺人，那兇手就是人類了。」張越白環視一圈桌邊的人，壓低聲音對沈括說道，「沒準兇手就在這間餐廳裡了。」

張越白講出這句話，讓自己起了一身的雞皮疙瘩，不知為什麼，餐廳裡突然安靜了下來，張越白抬起頭，發現所有人正齊刷刷地看向自己。

難道是剛才說話太大聲了嗎？

「張先生，你認為是有人殺了我的女兒嗎？」

瓦倫蒂夫人瞪向張越白，兩隻眼睛噴射出怒焰。

張越白朝沈括投去援助的目光，沈括沒有替他打圓場，反而鼓勵道：「越白，如果你認為普利莫的死跟妖染沒有關係，可以和大家說說。」

「太可怕了！難道真的有在石堡裡殺人嗎？」夏凡再度不安起來。

「你又在胡扯什麼呢！看把夏凡嚇得！」徐放厲聲說道。

事情到了這種地步，開弓沒有回頭箭，張越白只能硬著頭皮頂回去：「是不是胡扯待會兒就知道了，在沒有搞清楚之前，夏凡，你最好離你的上司遠一點，沒準他就是兇手。」

「看來我得給你點顏色瞧瞧！」徐放用拳頭敲擊著桌面，怒吼起來。

「徐先生！瓦倫蒂夫人可不願意再看見有人受傷了。」摩里斯說道。

徐放強忍著怒氣，惡狠狠地瞪著張越白。

坐在徐放旁邊的賈顯光，拍拍他的肩膀，冷笑道：「你稍安勿躁，先看看他能說出點什麼來，沒準他自己就是兇手，想把髒水潑到別人身上罷了。」

徐放攤開手掌，朝張越白做了個「請」的手勢：「那就請開始你的表演吧。」

「既然如此，我就恭敬不如從命了。」

張越白在他們的冷嘲熱諷中，開始認真思考起來接下來該如何發言。

時間已經將近中午十二點了，原本應該是午餐的時間，可是被沉重氛圍包裹著的餐廳裡，短短一夜之間兩死一傷，還有未知的死亡不知會如何襲來，無論是誰，都沒有了食欲，等待著張越白給他們一個解答。

張越白走到長桌的一端，雙手撐在桌面上，以沉穩的口吻開始說道：「首先，引起我懷疑的第一點，就是普利莫攜帶的那隻挎包不見了，因為瓦倫蒂夫人要求現金結付剩餘部分的房款，普利莫夫婦的那隻挎包裡裝的正是購買精靈古堡的現金。如果真的有兇手的話，殺人動機很可能是為了這筆錢，我猜妖染可能並不怎麼需要錢吧，如果在哪個人的房間裡找到這筆錢，這個人很可能就是兇手。」

拋出這句試探性的話，張越白觀察著每個人的表情，而眾人帶著猜疑互相對視起來，就連徐放都不自覺地抽回了搭在夏凡身上的手。

「其次，普利莫先生的房間從裡面上鎖，能打開門的兩把鑰匙，一把在房間裡，一把在摩里斯看管的吧檯，這麼看來只有無孔不入的妖染可以潛入房間，殺死他之後再離開。雖然我親眼看見妖染從瓦倫蒂夫人房間的門縫下鑽進去，但我依然相信普利莫先生房間的密室，可以有別的方法形成。兇手可能和普利莫先生事先約定，或是晚上去他的房間找他，總之是普利莫先生為兇手開了門，進入房間後，兇手刺殺了普利莫先生，並且搶奪了裝錢的挎包，普利莫先生雖然身受重傷，依然奮起搏鬥，在纏鬥之中，普利莫先生將兇手推出了房間，並從裡面鎖上房門，兇手不敢弄出太大動靜，只能先行離開。雖然逃過了兇手的毒手，但無奈脖子上的傷勢太重，沒有撐多久，就在房間裡不治身亡了，密室也就是在這種情況下形成了。」

聽完張越白的分析，有幾位贊同地點著頭。

摩里斯問道：「如果是這樣的話，兇手會是誰呢？」

張越白不好意思地撓撓頭：「我的推理能排除摩里斯和住在兩樓的所有人，除了住在普利莫先生對面房間的兩位，其他人都必須經過地板來到普利莫先生的房間。地板的聲音那麼敏感，對面房間有打鬥的動靜應該不至於一丁點都沒有察覺吧。」

「你胡說什麼呢！」賈顯光拍案而起。

張越白被賈顯光的大嗓門震懾住了，但依然保持己見：「我只是在陳述我的推測，不針對任何人。」

賈顯光和喬冰氣勢洶洶地朝張越白衝了過來，眼看就要動起手來，一個高大的身軀擋在了張越白身前。

徐放對他們兩個人說道：「他說的沒錯，如果這樣的話，你們倆應該要做出自證才行。」

「怎麼？開始改投陣營了？你還真是牆頭草沒什麼立場。」

「說什麼呢！」徐放說道，「比起你們兩個什麼文化交流團，至少我對張越白這小子是知根知底的。」

「別以為我們怕你。」賈顯光和喬冰看向沈括，寄望他可以幫助自己，起碼在人數上占優勢。

但同樣身為「中非文化交流團」的成員，沈括並沒有要加入他們的意思，反倒支持張越白的觀點。

「鑒於你們的嫌疑最大，如果可以的話，讓我們看看你們的房間。」

大家都很清楚沈括的意思，在誰的房間裡找到那筆丟失的錢，那個人無疑就是殺害普利莫的兇手。

賈顯光和喬冰毫不猶豫地一口答應。

「我們的房間你們隨便搜。」

「對！我們沒什麼好隱瞞的。」

大家不再費口舌，從座位上站起來，魚貫而出，一起走向位於另一邊走廊賈顯光和喬冰兩人的房間。

經過客廳，高高懸於頂上的巨大枝型吊燈，如藤蔓般的黑色線條像魔鬼乾枯手掌上爆出的血管，從天而降向地面的人們籠罩過來。這一根根的藤蔓，與石堡的內部裝修風格渾然天成，可在當下看來，不免有些陰森，讓人心裡發麻。

瓦倫蒂夫人想到了尚存一息的亨麗埃塔，在普利莫被殺之後，就沒人關心過她了，瓦倫蒂夫人讓摩里斯準備一些食物，她上樓從房間裡找了些藥品，一起去查看一下亨麗埃塔的情況。

其他人對於鮮血淋漓的傷者避之不及，就先去靠近客廳的喬冰房間裡展開搜查。

依照張越白的推理，大家分為兩組人，徐放和夏凡自然配對，張越白和沈括一組，為了避嫌，賈顯光和喬冰不允許參與搜查，兩個人站在房間外看著他們。

徐放和夏凡重點翻找喬冰隨身攜帶的行李，箱子裡放著許多表演服和假髮，以及雜技用的彈球和幾捆繩子，這些道具中一個很大的金屬色化妝箱引人注意，看起來應該裝得下挎包裡的那些錢。

在徵得喬冰的同意之後，徐放打開化妝箱的搭扣，裡面是雙層收納的結構，放滿了用來化小丑妝的顏料和畫筆，除此之外，化妝箱裡沒有其他東西了。

另一組人，對整個房間做了細緻的檢查，敲打石壁看看有沒有地下室一樣的密道，窗戶鐵柵欄上的鐵鏽沒有被刮蹭過的痕跡，這也消除了喬冰將錢轉移去別處的可能性。

「看來讓你們失望了。」喬冰雙手絞在胸前，略帶得意地說道。

張越白苦笑道：「你不是兇手再好不過了，我寧願兇手不在我們之中，是傳說中的妖染，所以沒什麼失望不失望的。」

「沒必要說這種冠冕堂皇的話。」喬冰並不領情。

「不過未必你沒有可能。」張越白目不轉睛地看著那些繩索，「作為擅長雜技的演員，你有一身的本領，如果你將繩子甩上客廳裡的那盞吊燈，蕩鞦韆一樣從半空中越過客廳的地板來到吧檯，趁著摩里斯小憩的片刻竊取鑰匙，再蕩回到走廊這一邊，用鑰匙打開普利莫房間的門，趁他錯愕之餘一時沒有反應過來，你殺死他之後搶走了錢，用鑰匙再鎖上房門。然後故技重施，把鑰匙放回原處，這樣做可以讓一切神不知鬼不覺。」

徐放恍然大悟，一把揪住了喬冰的領子，像提小雞一樣把他拎了起來。

高大的徐放造成的壓迫感，讓喬冰語無倫次地辯解起來，可他口齒不清，沒人聽得懂他在說些什麼。

喬冰身上的衣服被掀起來，兩隻手臂從袖管裡露了出來，右手手腕處能看見一條大約三十釐米長的刀疤。

「你的手腕受過傷？」沈括也注意到了。

「是的。去年我在表演單輪車時動作失誤，從車上摔落導致手腕粉碎性骨折，而後進醫院開刀治療，現在手腕裡還有固定骨頭的鋼板沒取出來呢。」喬冰如實說道。

「放開他吧。」沈括按住了徐放的手，「不可能是他幹的。」

「為什麼？」

「他的手腕有傷，根本完成不了張越白說的那種動作。」

「對對對！」喬冰找到了救命稻草，腦袋點得像啄米的公雞，說道，「我受傷以後，就沒辦法進行高難度的表演了，馬戲團裡的位置也被新人取代了，只能慢慢轉到幕後，做一些後勤以及輔助工作。最近馬戲團正在進行巡演活動，所以才派我這個閒人來參加這個中非文化交流團，我也就做一些相對難度較低的表演。」

看得出喬冰很委屈，不遠千里來到非洲完成這個沒人願意的任務，自己卻碰上這麼一檔子事情，還淪為了殺人的嫌疑犯，實在有點接受不了。他氣呼呼地向每個人展示著自己的手術傷疤，以證明自己的清白。

徐放有些不耐煩，走出了喬冰的房間，說道：

「我們還是繼續搜下一間吧。」

賈顯光聳聳肩膀，一副無所謂的樣子，領頭往自己的房間走。在和徐放擦身而過的時候，悄悄對他耳語道：「你可別被有些人利用了，那個傢伙可是惦記著你的女朋友呢。」

徐放擰了擰眉頭，就像什麼都沒有聽見一樣站在原地，等所有人都進入賈顯光房間後，他才邁步走了進去。

賈顯光房間顯得很凌亂，私人物品比喬冰多了許多，各種奇怪的道具堆滿了房間，真不知他兩個行李箱是怎麼裝下這麼多東西的。

一進門，張越白就好奇地東看西看，什麼都要翻找一番，惹得賈顯光十分不快：

「我的房間裡有很多魔術道具，這可都是商業機密，你們搜查的時候最好注意點，有些不可能藏錢的地方就不必搜了吧。」

「那裡有什麼？」

張越白看見靠窗的牆邊，有一塊黑布遮擋住的區域。

「只是一些道具而已。」賈顯光不自覺地用身體擋在了黑布前。

「那裡有血！」夏凡指著黑布的下方，大叫起來。

大家轉眼看去，地上的岩石有一塊深色的污跡，如果是一天之前，也許不會引起大家的注意，可是現在，精靈石堡裡的人已是驚弓之鳥。

「過去看看。」徐放揮手指揮張越白。

「那地方不能看！」賈顯光喝止道。

「為什麼？」

「那裡有我魔術的祕密，你們這麼做侵犯了我的隱私。」

「現在輪不到你來發號施令。」

「那這個呢！」賈顯光朝徐放揮了揮拳頭。

「一對四，你有勝算嗎？」

賈顯光這才發現，喬冰不知什麼時候也已經從他的身邊走到了徐放的身邊。他們兩個人都是殺害普利莫的嫌疑人，如果兇手不是他，一定會認為是賈顯光。

大家都緊緊盯住賈顯光的雙手，生怕他會做出攻擊舉動。

「別愣著！」徐放催促道。

張越白走了過去，手緩緩伸向黑布，屏氣凝神，猛然拉開黑布。

靠牆有一個已經變形的鐵籠，鐵籠上沾滿了血跡，旁邊散落著幾根白色的羽毛。鐵籠旁有一具已經僵硬的屍體，那是一隻死掉的鴿子，翅膀和脖子都被折斷了，連它最堅硬的喙也斷了一截，掛在嘴尖。

「這不是你表演用的鴿子嗎？怎麼死了？」張越白剛問出口，就明白了是怎麼回事。

昨天晚上，賈顯光為大家表演了不可思議的鴿子魔術，張越白試圖在腦海中重現昨晚的畫面。在餐廳明亮的燈光下，賈顯光攤開兩隻手掌，讓大家看清手裡什麼都沒有。而後他從胸口的口袋裡拿出一根羽毛，用火柴點燃，羽毛瞬間燃燒起來，發出耀目的火焰，就在這電光火石之間，賈顯光右手一抖，憑空變出了一隻白色的鴿子，他將鴿子放在肩膀上，鴿子親暱地蹭了蹭他的臉頰，順著他揚起的手臂一直走到了他的手掌上。當大家的焦點都集中在他右手的鴿子上時，左手變出了一個鳥籠，賈顯光平舉雙臂，兩隻手就像一座橋，連接起鴿子和鳥籠。對鴿子吹了口氣，白鴿就好像明白要它做什麼一樣，邁著滑稽的步伐，自己走進了鳥籠裡。表演到這裡才進入最精彩的環節，賈顯光雙手托舉著鳥籠，只是做了一個手掌合攏的動作，鳥籠和鴿子在眾目睽睽之下憑空消失不見了。

大家看得目瞪口呆，幾秒鐘之後，賈顯光贏得了滿堂喝彩的掌聲。

沒想到這個魔術的奧祕竟然是使用了可以摺疊的鳥籠，以迅速的手法將鳥籠收入袖口之中，而鴿子則在這個過程中被活活擠死在籠中，現在看見的這具屍體，應該就是那隻為魔術犧牲的鴿子，地上的血也只是鴿子的血。

「我早就說了，讓你們別看，這下好了，把我的老底全給揭了。」賈顯光一邊抱怨，一邊匆匆將黑布復原，以免自己更多的魔術曝光。

「鴿子好可憐。」夏凡難過道。

賈顯光不以為然：「這樣的鴿子我家裡還養了好幾隻，它們只是魔術的道具而已，再說了，我也算給了它一個痛快，死得沒什麼痛苦。」

「你還真是鐵石心腸。」張越白說。

「行了，別說這些無關緊要的事了，我們都證明了自己的清白，沒準真的是那隻妖染在殺人，我們該想想應對之策，不然還沒解除隔離，就都要被妖染殺了。」

「真有這樣的怪物，想什麼辦法都沒用。」喬冰說。

「那也不能就這麼束手就擒吧。實在不行，我去廚房拿把刀，就算死也要和它拼個魚死網破。」

賈顯光說完就往廚房走去，一出房間就撞上了瓦倫蒂夫人，她剛照料完亨麗埃塔，愁眉苦眼，嘴角彎成向下的弧度，雙手十指交叉放在身前，她沉默的樣子揪起了張越白最不安的直覺。

「亨麗埃塔情況如何？」張越白上前詢問。

瓦倫蒂夫人嘆了口氣：「她的情況不容樂觀，恐怕撐不了四十八小時，如果不立刻把她送去醫院的話，隨時都有生命危險。」

張越白咬了咬嘴唇：「要不然讓我再去和巴哈爾少校溝通一下吧。」

「咦，這是什麼？」夏凡一聲驚呼打斷了他們的交談。

細緻的夏凡一直沒有停止搜查，在賈顯光房門背後的角落裡找到了一張銀行票據。

票據是銀行的取款憑證，取款的時間是在兩周之前，金額是一百萬美金，而取款人的姓名，赫然寫著普利莫・巴伊的名字。

第七章　檢測

在場的三位房地產仲介都知道，這筆錢正是精靈石堡的售價，在支付了百分之十的定金之後，剩餘的現金是九十萬美金，應該就裝在普利莫丟失的那隻挎包裡。

「我不知道……這玩意從哪冒出來的？我從來沒見過。」賈顯光搖頭道。

「就如張越白所說的，兇手就在你們兩個人之中，現在看來是你殺了普利莫吧。」徐放用一種「總算抓住你了」的得意眼神看著他。

「這算什麼證據！」賈顯光想去拿夏凡手裡的票據，但他伸出的手被人一把握住，動彈不得。

「說吧。把錢放哪裡了？」張越白帶著怒意，低聲地問，「如果你不是兇手，為什麼會有普利莫先生的取款憑證，我猜這張憑證應該是和現金放在一起的。」

「這純粹是你的猜測，我看你才最有問題，每個人在你眼裡都有嫌疑，沒準是賊喊捉賊，你是想為自己脫罪吧。」

「我不是針對誰，而是用證據說話。」

「行行行！」賈顯光投降般地舉起雙手，賭氣地說道，「嘴皮子說不過你們這些房地產仲介，但你剛才的推理有著巨大的漏洞。」

「是什麼漏洞？」

「如果是受傷的普利莫從房間內部關門，那麼門把手上一定全是血跡，可是普利莫房門上乾乾淨淨，這你要怎麼解釋？」

「那就是兇手拿到了房間的鑰匙。」

「你要是能說出我拿到普利莫房間鑰匙的方法，我就認罪！」

張越白和賈顯光針鋒對麥芒。

「是啊。你說話要有證據啊！」喬冰嘴上還是袒護著賈顯光。

瓦倫蒂夫人也向張越白投來期盼的目光，似乎希望他可以解決這個事件。

張越白感覺大家都在凝視著自己，尤其是夏凡，目光中帶著幾分崇拜，等待著他說些什麼。從小到大，無論是生活還是工作中自己從來沒有被如此關注過。這讓張越白有壓力，也有了要破解賈顯光拿到鑰匙手法的決心。

「給我一點時間，容我想想拿到鑰匙的方法。」張越白要求大家都離開賈顯光的房間，他要獨自一個人再搜查一番，尋找遺漏的蛛絲馬跡。

張越白詳細調查了賈顯光房間內。雖然有點多餘，但再度檢查了窗戶，確保鐵柵欄是鑲嵌在石牆之中，不使用重型的工具是不可能破窗的，也不存在將窗戶和鐵柵欄整個卸下再裝回去的可能，這麼大的動靜勢必會引起外面士兵的注意。這也再次證明了，整座石堡的窗戶是絕對不可能出入的。當然，房門也是和其他房間一樣的門鎖，內部反鎖之後，外面可以用鑰匙打開，反之亦然。天花板很高，不藉助攀爬工具的話，正常人類的身高根本夠不到，雖然只能憑肉眼檢查，但是憑藉房地產的專業知識，天花板、牆面和地板下沒有暗道和密門的空間。

賈顯光是一個魔術師，魔術師最擅長的就是障眼法，明明就擺在你面前的事實，卻會發生意想不到的結果。但這一定不是奇幻世界裡的魔法，而是使用了某種道具或者手法而製作出來的效果，普通人經過長時期的訓練也可以達成。

面對賈顯光房間裡琳琅滿目的魔術道具，張越白一手托著腮幫子，一手托著手肘，陷入了深深的思考。

賈顯光只有從房門出入殺人，假設和自己第一次的推理一樣，他騙開普利莫的房門，而反鎖門的是普利莫本人的話，那麼那些錢去哪兒了？在他的枕頭下找到了憑證，證明他曾經拿到過這筆錢，一樓北側走廊和樓梯有接壤的部分，可以輕鬆跨過地板而上樓，如此一來，除了一樓南側部分之外，精靈石堡的其他地方都存在著藏匿那筆錢的可能性。

但是，張越白很快就推翻了自己的這番推測，他認為普利莫會為賈顯光開門的可能性極小，普利莫先生因為石堡裡發生了殺人事件，為了安全考慮才提出搬到一樓的房間，戒備心如此重的普利莫先生，又怎麼會在深夜輕易為一個認識僅僅一天的外國人開門呢？這在邏輯上說不通，那就剩下了一種可能性。

賈顯光是用普利莫房間的鑰匙打開了門，除非他能變成一對翅膀，讓自己飛過客廳，否則實在沒有其他辦法拿到鑰匙了。

「飛？」張越白瞇起眼睛，他感覺自己快要接近真相了，絞盡腦汁又思考了一下：在房間裡最讓人覺得不尋常的就是那隻鴿子的屍體，如果取鑰匙的不是人，而是動物呢？

瞬間，張越白解開了賈顯光拿鑰匙的詭計。

「越白，如果你想到了什麼，就和我們大家說說吧。」夏凡語氣溫柔地催促道。

張越白在心裡整理了一下思路，覺得自己的想法沒有什麼破綻，下定決心，正視眾人。

「各位，要知道普利莫被殺的真相，首先就要破解兇手製造密室的手法，關鍵在於如何取得普利莫房間的鑰匙。因為客廳的防盜地板會發出聲音，從地面走過去不被發現是一件非常困難的事情，更何況是需要來回走兩遍。但如果兇手並沒有從地面上走過去，而是飛過去的話，就不會發出任何聲音。」

「飛過去？」賈顯光大笑起來，「你的推理還不如妖染殺人讓人信服，人怎麼可能會飛呢？難道是吊鋼絲嗎？」

「我沒有說是人飛過去，而是你的鴿子飛過去。」

「鴿子？」眾人一片嘩然。

「沒錯。」張越白淡定地對賈顯光說道，「正如昨晚你給大家表演的魔術一樣，鴿子聽從你的指示，從手臂上走進籠子，這一定是經過了無數次的訓練，動物才會如此地順從主人的命令。那麼同樣也可以對鴿子進行其他方面的訓練，例如遠距離的取物和放回。其實昨晚的魔術中鴿子並沒有死掉，只是被摺疊在了鳥籠裡而已。晚上，你等所有人都已經睡下，帶著鴿子來到走廊上，讓鴿子飛過客廳來到吧檯，用嘴銜住普利莫房間的鑰匙，再飛回到你手裡。為了讓鴿子從那麼多鑰匙裡分辨出那一把才是你要的，在聽到普利莫選擇的房間後，你偷偷在那把備用鑰匙上，塗了鴿子喜歡的食物味道，以便它在取鑰匙的時候不會搞錯。你從普利莫房間裡出來後，將鑰匙擦乾淨，讓鴿子將鑰匙放回原處。為了徹底掩蓋這個方法，你殺死了自己的鴿子，這樣一來，萬一遭到調查，也沒有辦法讓鴿子再次演示你的犯罪手法了。」

賈顯光雖然懊惱萬分，卻也無力再辯駁。

「果然兇手就是你。沒準襲擊亨麗埃塔和瑞吉爾的人也是你吧。」徐放毫不留情地落井下石道。

賈顯光把頭搖得像撥浪鼓一樣，語無倫次地否認著。

「我們還是把他交給警方處理吧。」夏凡建議道。

「這荒郊野外哪來的警察。」

「門外的那些人算嗎？」

聽了夏凡的這句話，大家還是拿不定主意，最後由瓦倫蒂夫人做了決定，朝張越白頷首道：「張先生，就麻煩您代表我們和巴哈爾少校溝通一下吧。別忘了最要緊的是要讓亨麗埃塔盡快接受治療。」

張越白從瓦倫蒂夫人的臉上看見了哀傷和憂慮，痛失愛女的她，對自己女兒的事情隻字未提，倒是一直在為受傷的亨麗埃塔擔心，她和亨麗埃塔沒有任何關係，就算亨麗埃塔傷勢痊愈，應該也不可能再購買精靈石堡了。但瓦倫蒂夫人沒有任何的功利心，只是單純地為他人的生命著想，張越白心中對這位石堡的主人崇敬之情油然而生。

「好的。夫人。」張越白欣然應允道。

在來到精靈石堡前，張越白曾幻想過自己站在城堡的圍牆邊，巨大而又沉默的岩石下，看著太陽從赤道上空升起，這憧憬已久的光明，哪怕只是看一眼天空，馬上叫他去死，也心甘情願。但當真正面對過屍體的時候，死亡所帶來的恐懼，遠遠超乎張越白的想像，今後再也不會有要去死這樣輕飄飄的念頭了。張越白突然有所感悟，有時候很多事情最困難的往往是保持初心不改，正如自己如果能堅持成為全職作家，就不會迫於工作來到這座石堡，也就遇不上這檔子事情了。

大概花了十五分鐘，張越白獨自一個人，組織了一下語言，然後穿過客廳來到大門口，隔著大門將自己想要和巴哈爾・福斯卡少校談一談的要求寫在了紙上，請求門口的守衛士兵傳遞一下。

士兵讓他稍等片刻，前去通報少校。

等待的時候，張越白仔細觀察起大門上那個用血寫的「X」，似乎紅色的液體不太夠量，整個X不算很清晰，在接近底部和地板交接的地方顏色已經很淡了，流淌下來的液體已經乾涸，一群蒼蠅圍繞著大門不停盤旋打轉。這麼怪異的圖案，如果不是妖染幹的，那會是誰幹的呢？

張越白舉手比劃了一下高度，他的手指勉強能夠到X的最高點，以他的身高為參照，石堡裡只有男人的身高才能夠得到，賈顯光自然也沒問題。如果是女人的話，必須需要藉助椅子之類的工具，才畫得出這個圖案。但為什麼要在襲擊了瑞吉爾和亨麗埃塔之後，要跑來門口畫這個圖案呢？張越白想不到原因，如果不是妖染幹的實在解釋不通。

大門外有了動靜，傳來鏗鏘有力的腳步聲，門縫下人影晃動，張越白率先開口打招呼：「巴哈爾少校。」

「你們今天又在搞什麼鬼？」巴哈爾少校怒氣衝衝地說道，先前士兵開槍的事件讓他頗為惱火。

「我希望可以得到您的幫助。」張越白將賈顯光殺害普利莫的原委告訴了巴哈爾少校，並請求他可以收押罪犯，畢竟石堡裡的人在這方面都沒有什麼經驗，和一個殺人犯共處一屋，實在無法剋服心理壓力。

門外一陣沉默，巴哈爾少校突然問道：「那筆錢還沒有找到嗎？」

張越白在巴哈爾少校的話中嗅到了一絲異樣的味道，一時間不知該不該說實話，只能閃爍其詞地回答道：「這個……我也不太清楚。」

張越白的猶豫，被老奸巨猾的巴哈爾少校捕捉到了，他走近了大門，聲音變得更加清晰起來：「張先生，我可以幫你們申請醫院的救助，順利的話，明天就有人來帶你們離開這裡。」

「真的嗎？那實在是太好了。」

「可是——」巴哈爾少校故意拖了個長音。

「可是什麼？」

「你們所有人都必須進行病毒的抗體檢測。」

「你打算怎麼做？」張越白不明白巴哈爾少校要如何幫他們進行檢測？

巴哈爾少校讓張越白將所有人集中起來，半個小時後，開始對他們進行檢測。

張越白將這個消息告訴了瓦倫蒂夫人，聽聞明天就能離開，瓦倫蒂夫人立刻讓摩里斯通知所有人，在客廳裡集合。

精靈石堡裡除了瓦倫蒂夫人和她的管家之外，剩餘的五名同伴竟然都是中國人，在非洲大陸上也能遇見這麼多同胞，讓張越白有種身在國內的錯覺。

賈顯光被綁住了雙手和雙腿，只有在徐放和喬冰的攙扶下，才能勉強挪動腳步，儼然像是一名戴了刑具的重刑犯。摩里斯拿出了石堡裡僅剩的醫藥用品，給每個人分發了口罩和消毒酒精。做好了周全的準備，以免巴哈爾．福斯卡少校會對石堡裡的人有攜帶病毒的顧慮，而收回他剛才說的話。

大家揣著惴惴不安的心情，靜靜等候著檢測，客廳裡鴉雀無聲，只有顯示著各國時間的時鐘在滴答滴答地運轉著。

大門從外面被拉開，門上的X向兩邊被分開，院子裡的麥田映入眼簾，以及叉著腿站在院子中央的巴哈爾．福斯卡少校。兩位士兵一高一矮並肩走進了客廳，他們穿著白色連體的防護服，從頭到腳包裹得嚴嚴實實，只有透明的眼罩裡能看見他們的眼睛，各自手裡提著一個醫藥箱，箱子看起來不算太沉，可是他們走得很緩慢，每一步都很小心，生怕弄破了防護服。

摩里斯起身上前，被矮個子的士兵制止了。

「你們誰是張越白？」

「我是。」張越白舉手道。

「你將是第一個被檢查的人，請為我們準備一個可供使用的房間。」

「請跟我來吧。」張越白領著兩位士兵，往餐廳走去。

在大家匯集到客廳來的這段時間裡，摩里斯已經將餐廳收拾乾淨，所有的食物和餐具都放進了廚房，餐桌和餐椅也都鋪上了一次性的透明塑膠布，以免受到病毒的污染。

兩位士兵將箱子放在餐桌上，打開後，將裡面的東西一一拿出，除去常見的幾件醫療器材外，還有一些藍色的小盒子，張越白驚奇的發現，盒子上印的是能看懂的中文——伊波拉病毒抗體ELISA檢測試劑盒，是由中國武漢的中科院病毒所傳染病研究中心研發的。張越白數了數，總共有九個盒子，可是加上自己石堡裡才八個人，為什麼多了一個？

看著他們忙碌地準備著，等待中的張越白心裡不免有點擔心，身體上的不適感也越發顯著起來。要是被查出患上了伊波拉，在目前這種條件下，能治癒的機率很小，說不定會被這群士兵強行驅逐出精靈石堡，要是危及到他們的人身安全，就算是殺人也會在所不惜吧。想到這，張越白不由自主將目光投向兩位士兵，他們身上雖然沒有攜帶武器，但在醫藥箱的最下面，能看見一柄黑漆漆的手槍。曾經為了寫作需要，張越白對槍械有一定的瞭解，醫藥箱裡的槍是美製柯爾特

M2000，彈匣的容量是十五發子彈，足夠對付石堡裡的所有人了。

高個子的士兵讓張越白撩起自己的袖子，為他手臂結紮止血帶，同時叮囑張越白握拳，青色的靜脈血管在皮膚下充盈了起來，高個子的士兵找了一條最粗的血管，用酒精擦拭了幾下，將針管刺了進去。看得出他的手法不是很嫻熟，針頭在皮膚下調整了一下，針管裡才抽出血來，痛得張越白哇哇大叫。

高個子的士兵神情冷淡地遞給他一個棉球，示意他按壓住出血點，並將裝著血液的針管遞給了一旁的同伴。

矮個子士兵已在桌子上搭起了一個大約五十釐米見方的小型檢驗箱，箱子是完全透明的，左右各有一個讓手伸入的圓孔。他拆開了一個測試劑盒，連同針管一起放入檢驗箱內，他將血滴在測試劑盒上的兩個小孔中，兩個小孔分別寫著陰性和陽性。

結果很快就出來了，陰性孔內的顏色漸漸變深，和陽性孔中的顏色有了明顯的區別。

矮個子士兵朝張越白豎了個大拇指，這讓張越白鬆了口氣，看來先前以為自己患病只是神經過敏罷了。

張越白從餐廳出來，招呼下一位受檢者入內，摩里斯應聲起身。想到士兵說的是義大利語，張越白就把檢查的流程向每個人說了一遍，大家都明白了之後，他才放心地坐到一邊。

大家一個接著一個進入餐廳，出來時每個人臉上都是如釋重負的表情，差不多經過了兩個小時的等待，精靈石堡裡的八個人全部檢查完畢，結果令人欣喜，所有人的檢驗結果都呈陰性，也就是說沒有人感染伊波拉病毒。

在確認檢驗結果後的第一時間，巴哈爾少校走了進來，他沒有理會任何人，而是快步進入餐廳，一邊走一邊撩起袖子，露出粗壯的手臂，張越白恍然大悟，這才知道多出來的那個檢測試劑盒是給誰用的。

精靈石堡在餘暉中迎接著下一輪落日，西南部的熱帶草原氣候，終年高溫不減，即使入夜也沒有任何的涼意。客廳內變得非常昏暗，摩里斯走到吊燈的開關旁，按了幾下卻毫無反應。

「奇怪，明明昨天還是好的。」摩里斯抬頭望著比自己年紀都要老的吊燈，心想一定是接觸不良的老毛病又犯了。她只好將其他輔助的燈光全部打開，不過比起主光源這些燈的亮度還是稍遜一籌。

「真不愧是朱巴河畔最雄偉的建築，就連妖染都被征服的城堡，這麼大的石牆我可是第一次見到。」巴哈爾少校按著自己左臂上的針眼，向大家走來。

聽見「妖染」這兩個字，原本就不明亮的客廳裡，更加陰沉了起來。

「少校，明天我們要怎麼離開？」張越白略顯興奮地問道。

「明天會有救護車來運送傷員，其他人可以跟著救護車一起離開，去往更安全的地方。不過，有一個人，必須留下！」巴哈爾少校將視線鎖定了手腳被綁住的賈顯光。

「不不不，巴哈爾少校我不能留在這裡……」賈顯光連連搖頭，慘白的嘴唇顫抖著。

「你當然得留下，我們軍方有義務接管罪犯，更何況是一名殺人犯。」巴哈爾少校說。

賈顯光已經為自己辯解了許多次，可只是徒勞一場，他不想再白費口舌。失去鬥志般地癱坐在沙發上，仰著頭，雙眼渙散，眼神沒有焦點地放空著。

餐廳裡的兩位士兵已經脫去了防護服，恢復了軍人的裝扮，分列巴哈爾少校左右兩側，隨時等候少校的命令。

巴哈爾少校戴著口罩，慎重地進入了普利莫陳屍的房間查看了一番，看見屍體之後，自言自語地說著什麼。

「他是發現什麼線索了嗎？」沈括輕輕地問張越白。

「他在說『該死的殺人犯』。」張越白說，「還算是個有正義感的軍官。」

巴哈爾少校轉動眼珠，露出一絲狡黠：「我需要對罪犯進行審訊，需要一點單獨的空間，瓦倫蒂夫人，我可以借用一下二樓嗎？」

瓦倫蒂夫人露出有些猶豫的表情。

巴哈爾少校並沒有等待瓦倫蒂夫人的應允，他的態度更像是知會而不是請求，朝手下努努嘴，兩名士兵將賈顯光從沙發上架了起來。

賈顯光試圖掙脫束縛，卻被四隻大手死死按住，動彈不得。力量上的懸殊差距，讓賈顯光放棄了抵抗，順從地被拖上了二樓。

「張先生，還需要麻煩您一下！」巴哈爾少校邀請張越白，畢竟這裡只有他會中文和義大利語。

作為揭露賈顯光罪行的人，如果有任何值得懷疑的地方，在參與審訊時也可以有一次修正的機會，出於這樣的目的，張越白跟著他們一起上了樓。

賈顯光並沒有被帶入到房間內，而是被拖入了北側走廊的洗手間裡，士兵為他解開了捆綁住手腳的繩索，然後讓他站在淋浴間的位置。賈顯光搓揉著被繩索磨出血痕的手腕，巴哈爾少校笑著遞給他一塊毛巾，示意他可以清理下傷口。

在水龍頭下沖洗傷痕，賈顯光嘴裡發出「絲絲」倒抽聲，不停抱怨道：「徐放這個傢伙綁得也太緊了，都是中國人一點都不留情面，難怪出國前聽人說在國外害中國人的往往都是自己人。」

巴哈爾少校不知道他在說什麼，打斷道：

「賈先生，現在可以說出那筆錢的下落了吧。」說完，讓張越白翻譯給賈顯光聽。

「什麼錢？」賈顯光一臉迷茫。

「你殺了那個買家，不就是為了那筆錢嗎？」巴哈爾少校給了他一個「別裝蒜」的眼神。

「我真的沒有殺人，巴哈爾少校你要為我洗脫罪名啊。」

「我不關心人到底是不是你殺的，你只要告訴我你把錢藏在哪兒了？」

聽到這句話，張越白並沒有翻譯，良久沒有開口。

賈顯光立刻問：「快翻譯，他說什麼了？」

張越白猶豫了一下，還是照著巴哈爾少校說：「你到底把錢放在哪裡？」

「還要我說多少遍，我真的沒有拿錢，我連那些錢都沒有見過。」賈顯光為了證明自己的清白，走到巴哈爾少校面前，攤手拼命搖晃著。

巴哈爾少校失望地搖搖頭，朝著手下打了個響指，兩名士兵心領神會，矮個士兵拿出手銬，將賈顯光的雙手反剪到背後銬了起來。

「你們要幹什麼！」賈顯光覺得有些不對勁。

巴哈爾少校讓張越白先離開洗手間：

「張先生，感謝您的幫助，接下來的審訊就讓我們自己完成吧。」

「我就在一邊待著，不會妨礙你們的。」

「不必了！」巴哈爾少校搖著一根食指，將張越白推出門外，然後關上了門，張越白聽見門背後拉動插銷的聲音。

他推了推，門從裡面被鎖上了。張越白不知道巴哈爾少校要如何審問賈顯光，但顯然他動了霸占那筆錢的念頭。

門內傳來男人的嗚咽聲和水流聲，隨後是一陣摩挲衣服和拍打水花的聲音。

「救……」賈顯光剛喊了一個字，就變成了「咕嚕咕嚕」的聲音。

門無法從外面打開，張越白只得用力拍著門板，大喊開門。

門被打開，只見巴哈爾少校兩隻大拇指扣在皮帶上，越過他的肩膀，可以看見跪在抽水馬桶前的賈顯光，耷拉著溼漉漉的頭髮，劇烈地咳嗽著，站在他身後的士兵，牢牢鉗住他的脖子，迫使他的臉湊近抽水馬桶。原本在舞臺上無比驕傲的魔術師，現在卻如同一位尊嚴被踐踏的囚犯。

「你們這是違法的。」張越白十分憤怒。

「在這裡，我就是法律！」巴哈爾少校不以為然，讓手下繼續將賈顯光的腦袋按入馬桶的水中。

「快住手！你沒有權力濫用私刑！」張越白衝著巴哈爾少校咆哮道。他從來沒想過因為自己的推理，會讓賈顯光遭受到如此的痛苦。

巴哈爾少校罵了句髒話，從手下腰間的槍匣中掏出了那把柯爾特M2000，對準了張越白的腦袋。

「在這片土地上，這個才是權力！」

第二次被黑洞洞的槍口指著頭，讓張越白感受到死亡的恐懼，他的牙齒打顫說不出話來，兩條發軟的腿支撐不住自己的體重，趕忙扶住門框，好讓自己不至於癱坐下來。

巴哈爾少校走近賈顯光，一把揪住他的頭髮，用力拉起他的頭，將手裡的槍抵住了他的眉心，大聲地對張越白說道：「你現在替我告訴他，我數三個數字，如果他寧死也不願說出那筆錢的下落，我就一槍打爆他的腦袋。要知道在索馬利亞，軍方殺掉一個殺人犯都算不上違法。」

張越白著急地喊著讓賈顯光趕快說出錢的下落，賈顯光也激動地一遍遍說著不知道。

「三！」

張越白也跪在了賈顯光的身邊勸道：「他真的會殺了你的，沒了命，再多的錢又有什麼用呢」

「可是我真的沒有拿那筆錢！」賈顯光哭喪著臉說，分不清他臉上是水還是眼淚。

「都什麼時候了，你還要騙我。」

「我真的沒有騙你，我沒有殺人！」

「二——！」

巴哈爾少校拖了個長音，打開了槍上的保險。

「快說啊！」張越白的喉嚨已經沙啞了。

「我——不——知——道！」賈顯光歇斯底里地叫道。

「一！」巴哈爾少校冷酷地報出了最後一個數字。

沒救了，沒救了，是自己讓賈顯光遭受了不公平的審判，這個法外的國家是多麼的不真實，簡直難以置信。

張越白痛哭流涕，他捂住耳朵，將頭夾在了雙臂之中。

「砰！」

槍聲響了起來。

第八章　內亂

張越白睜開眼睛，發現開槍的不是巴哈爾少校，他如貓頭鷹一般轉動著脖子，尋找著槍聲的來源。

「好像是樓下。」站在窗邊的高個子士兵說道。

樓下的客廳裡一陣嘈雜，彷彿突然間炸開了鍋。

在巴哈爾少校的指揮下，兩名士兵將賈顯光拖進了淋浴間，銬在了一根固定在牆上的金屬扶手上，手被銬在很彆扭的高度，賈顯光只能一屁股坐在地上，兩隻手懸在腦袋旁。

「下去看看。」對於槍聲，巴哈爾少校有著軍人特有的警覺，他緊握手裡的槍，謹慎地走下了樓梯。

巴哈爾少校和張越白一起下樓，只見客廳裡的人都躲在了沙發的背後，蜷縮成一團，發出驚恐的叫聲，畏懼地望著大門的方向。

順著他們的目光，能看見大門靠近門鎖的位置有一個碗口大小的洞，爆裂的木頭碎渣碎了一地，即使不懂槍械的張越白，也看得出來這是槍擊所致。

大門被一腳踹開，院子裡的七八個士兵一擁而入，形成了一個扇形的包圍圈，封鎖住了大門，看這個架勢巴哈爾少校的手下似乎在策劃一場謀反。
「中尉，這是什麼情況？」巴哈爾少校站在樓梯上，居高臨下，一副不怒自威地樣子。
一位蓄了和巴哈爾少校相似絡腮鬍的黑人士兵走出隊列，回答道：「少校，我們想知道為什麼把所有的檢測試劑盒都給了這些外國人？」
「就為了這件事？」巴哈爾少校的反問帶著幾分嘲諷。
讓這位中尉反而覺得自己小題大做了。
「我們只是想進來確認一下情況，誰知道受到了他們強烈反對，有人著急之下，不小心槍走了火。」中尉說。
張越白對這套說辭嗤之以鼻，門上的彈孔明眼人都能看出，是瞄準門鎖開的槍。
「只是一場誤會，讓大家不用太驚慌。」巴哈爾少校讓張越白安撫一下其他人的情緒，他自己則走向了自己的那些士兵。
「你們不必擔心，明天就會有醫療物資的補給了。」
「可是……」中尉面露難色，口齒含糊地說道，「出了點狀況。」
巴哈爾少校看出手下有點難以啟齒，收起了槍，將中尉喊到了身邊，避開所有人的耳目，問他出了什麼事。
在石堡外守了一夜的中尉，拖著疲憊的身軀，但目光依然炯炯有神：「少校，我們之中可能有人感染了病毒，必須立刻進行檢查。」

說完，中尉朝樓下同伴中的一人看了一眼。

巴哈爾少校跟隨他的目光，敏銳地捕捉到了士兵中有異樣的那個人，那人將步槍槍口抵著地面，雙手扶著槍托支著身子，腹部一起一伏，大口喘著氣，不時將頭別向一旁咳嗽幾聲，露出的脖子上能看見一些發紅的皮疹。

「發現多久了？」巴哈爾少校不動聲色地問道。

「今天早上換崗的時候，我發現他有點發燒。」

巴哈爾少校抬頭看了眼石牆上的那排時鐘，距離換崗已經過去了十個小時。

「我聽說你在石堡裡發現了一大筆錢，所以才檢驗了石堡裡的所有人，以確保自己進入石堡拿錢的時候是安全的。」

「沒錯。」巴哈爾少校如實回答，「不過錢還沒有找到。」

「有需要我為您效勞的地方嗎？」

巴哈爾少校笑了笑：「找到那筆錢，我不會忘記你們那份的。」

中尉雙腳併攏，行了一個標準的軍禮。中尉忽然喉頭一養，行禮的手攏成空心拳頭，抵住嘴唇咳嗽起來。

他慌忙解釋起來：「我只是有點累了。」

巴哈爾少校嫌惡地退開一步，他看見了中尉絡腮鬍子邊緣滋生出來的紅疹，黑色的皮膚加上並不明亮的燈光，不仔細看的話很難引起注意。

「中尉，立刻召集所有人去院子中集合，我要對每個人進行檢測。」

「遵命，長官！」

巴哈爾少校又將負責檢測的兩位士兵喚到身旁，讓他們去餐廳準備檢測。

高個子的士兵一攤手，為難道：「可是所有的檢測試劑盒都用完了。」

「我不是真的要檢測。」巴哈爾少校露出一個兇惡的表情。

「您的意思是？」高個子士兵不解道。

「找機會，把他們全部都……」巴哈爾少校將手比劃成刀的樣子，做了個抹脖子的動作。

高個子士兵一時不知該說什麼，驚愕地愣在原地。

「別忘了，是我讓你們先做了檢測，安全地進入石堡內。我不需要你們的感恩，事成之後，那筆錢我們三個人平分。」巴哈爾少校嗓音低沉，不由給人可靠的感覺。

三個人陷入了僵局，微妙的心理在慢慢發酵，兩位士兵對視了一眼，由矮個子士兵打破了沉默：「長官，希望你言而有信。」

「我用生命起誓。」巴哈爾少校真誠地保證道。

「這些錢足夠我們回家和家人團聚了。」矮個子士兵費了一番口舌，終於讓同伴動了心，他們依照巴哈爾少校的計劃行動起來。

為了防止接觸交叉感染，原本在石堡裡的人全部去往二樓陽臺，其他八名士兵被要求排隊依次進入餐廳接受檢驗，中尉安排在第一個，其他人商定好了順序，在院子裡列成一個整齊的縱隊，等候進入的指令。

巴哈爾少校在客廳裡找了一個遠離餐廳的座位坐下，腰間的槍頂在了肋骨上很不舒服，他從槍套裡拔出了槍，放在面前的茶几上，翹起二郎腿，留心著餐廳那邊的一舉一動。

站在餐廳門口的高個子士兵，重新穿上了防護服，他負責解除每一位進入餐廳士兵的武裝，士兵攜帶的步槍和武器都不允許帶入餐廳，確認沒有問題後，由高個子引導進入餐廳，讓接受檢驗的士兵坐在指定的座位上。由矮個子士兵為每個人進行檢驗，之前用來保護家具的一次性透明塑膠布還在，但被聚攏到了被檢測人的周圍，形成了一個類似圓柱形的浴簾效果。

因為從來沒有經歷過疫情，第一個進入的中尉對這派反常的景象並沒有感到奇怪，他依照指引坐在座位上，矮個子士兵朝他胳膊上扎了一針，中尉問道：

「不是應該抽血化驗嗎？」

矮個子沒有答話，將手中針筒內的液體全部推進了中尉的體內。

被刺痛的中尉有點生氣：「你給我打的是什麼？」

「待會兒你就知道了。」矮個子粗魯地拔出針頭，讓中尉稍等片刻，檢驗結果馬上就可以得知了。

大約過了兩分鐘，中尉覺得頭暈目眩，視線變得越來越模糊，他想撐著桌子站起來，手卻不聽使喚，完全使不上勁。

矮個子非但沒有去攙扶，反而後退躲避他。

中尉這才明白過來：「你給我下藥！」中尉說話開始不利索，變得有點大舌頭。

看見時機已到，矮個子朝高個子一歪頭，兩個人一左一右呈夾擊之勢，將中尉按在了座位上。儘管中尉身強力壯，但也架不住兩個人的力量，再加上被打了藥，渾身乏力昏昏欲睡，雙手和頭被牢牢按在桌子上，剛想喊叫，嘴巴裡被強行塞進了一團破布，只能通過鼻孔發出嗚嗚聲。

矮個子亮出一柄短刀，在中尉的頭頂高高舉了起來，刀身發出令人膽顫的寒光。高個子不忍再看，把頭朝向了別處。矮個子用手肘擒住中尉的脖子，防止他搖晃身體，揮舞短刀重重地刺了下去。

很快，高個子士兵從餐廳走出來，傳話讓下一位進入。

高個子士兵向巴哈爾少校頷首致意，巴哈爾少校用交叉在胸前的手摸著絡腮鬍，臉上綻放出滿意的笑容。

士兵們一個接著一個進入餐廳，等到最後一名士兵進入後，完成「檢驗工作」的矮個子士兵跟著高個子士兵一起走了出來，他們用鐵鏈纏繞在餐廳的兩扇門門把手上，從外面將門封死。

「少校，已經依照您的命令全部都辦妥了。」矮個子向安坐在沙發上的巴哈爾少校敬了個軍禮。

從巴哈爾少校的角度看見矮個子肘部處的防護服破了個口子，上面還沾了點血跡，矮個子看見巴哈爾少校出神的眼神，也意識到自己的防護服壞了，他連忙放下行禮的手掩蓋住破處，慌忙解釋道：「可能是剛才鎖門時弄破的。」

巴哈爾少校顯得毫不在意：「把他們的槍膛裡的子彈都退了，全部搬去外面的車上。」

矮個子叫來了高個子幫忙，兩個人脫掉防護服，將所有的步槍都背在身上，運送到了圍牆外的汽車後車箱裡。兩人難掩心中的喜悅，等不及開始憧憬拿到錢之後要怎麼花，各自說著自己願望清單上的內容。

「下雨了。」高個子推了推帽簷，抬頭望向飄起了小雨的天空。

「這鬼天氣，就像少校一樣捉摸不定。」雖然對巴哈爾少校唯命是從，但矮個子並不信任他。

「你說，少校會把錢分給我們嗎？」

「可不能指望他這隻老狐狸，必要時候我們兩個對付他一個，連他那份也一起分了。」

「謀殺上司可是死罪。」

「你不說，我不說，誰會知道？」

高個子用大拇指朝身後的精靈石堡指了指：「你能讓裡面的那些外國人閉嘴？」

矮個子回頭看了一眼，在石堡二樓的陽臺上，站著主人瓦倫蒂夫人和她的管家摩里斯，以及一群黃皮膚黑頭髮的中國人，他們看見矮個子望向自己，禮貌地揮舞著手臂，遠遠和他打起了招呼。

「你覺得少校拿到了錢，會留下活口嗎？」矮個子一邊回應著遠方，一邊說道。

「難道……？」

「如果這些外國人活著離開，通過領事館檢舉揭發這件事，拿到錢也會被要求退還，說不定還要受到軍法處置。」

「那我們豈不是也要受到牽連？」

「我們到時候就把所有的事情都推到少校身上不就行了。」

「啊！」高個子恍然明白同伴布了一天的局。

「在聊什麼呢！」

巴哈爾少校如鬼魅般突然出現他們倆身後。

「少校！」兩名士兵立刻轉身立正，他們心跳加速，不知道剛才的談話有沒有被巴哈爾少校聽見。

「把所有汽車的輪胎都打爆掉，包括備胎，免得石堡裡的人逃跑。」巴哈爾少校對他們發佈命令。

槍聲連連，引來陽臺上人群的驚呼。

吉普車的輪胎發出「噗哧」一聲，車身猛然一沉，陷入到沙地之中，所有的車都沒法正常行駛了。

巴哈爾少校來到一輛吉普車後，掀開了後車箱，將矮個子喚了過來：

「替我收拾一下。」

矮個子探身進去收拾了一番，騰出一塊空地，問道：「少校，是打算把錢放這裡嗎？」可轉念一想，車胎都壞了，錢放在車裡不是多此一舉嗎？

矮個子聽見槍套被拉開的聲音，來不及回頭，只聽見巴哈爾少校冷冷地說道：「這裡就是你的墳墓。」說罷，照著矮個子的後腦勺就是一槍，矮個子來不及哼哼一聲，一頭栽倒在沙地上，揚起一陣塵土。

一道明亮的閃電突然亮起，將天幕劈開一道裂痕，照映在陽臺上所有人驚訝的臉上。雷聲隆隆彷彿替他們發洩著對世間醜惡的不滿。

聽見槍聲，高個子向巴哈爾少校衝了過來，看見他腳邊同伴的屍體，渾身止不住地顫抖起來。

「把槍放下！」高個子舉起槍口，大聲喊道。

「別激動！我這就把槍收起來！」巴哈爾少校從容地將槍放回了自己的槍套之中，不急不徐地說道，「人已經死了，你殺了我也於事無補，反而會遭受軍事法庭的制裁。」

「你也殺了人，你也逃不了。」

「我可不在乎，我可以把所有的罪行都推到這個傢伙的身上，而你則是他的同謀，看看他們到時候會相信我們誰的話。」巴哈爾少校踢了踢矮個子的屍體。

高個子竟然無言以對。

雨勢開始大了，雨滴打在身上，很快全身就溼透了，他們兩人像雕塑一樣站著，任憑雨水從身上滑落。高個子手裡的槍身上，掛滿了不時滴落的雨點。

「你還有選擇，我們可以繼續合作，我之前的承諾依然有效。」

高個子垂下眼眉看著地上的屍體，他心裡也認為巴哈爾少校說的話沒錯，人死不能復生，就算拼個魚死網破也無濟於事，只要軍方清點屍體人數，就知道是誰幹了這一切。更何況本來矮個子也打算對巴哈爾少校下毒手，算不上是他罪有應得，也可以算是巴哈爾少校提前自衛。

「你沒有別的選擇。」巴哈爾少校緩緩走近高個子，慢慢壓下了他的槍口。

「那筆錢，我們五五開。」

「成交。」巴哈爾少校向他伸出手掌。

「你不會像對他一樣對我吧。」

「如果對我不信任的話，你可以保留著你的槍。」

高個子看了眼巴哈爾少校的手掌，終於伸出了手，和他緊緊地握在了一起。

「少校，接下來有什麼需要我做的？」

「把他的屍體抬進後車箱。」巴哈爾少校擦了擦被雨水打溼的手錶，對著精靈石堡的方向說道，「我們還剩下一個晚上的時間，來找到那筆錢的下落。」

大雨在整座石堡形成了一股氣霧，黑濛濛的輪廓透出一股看不見的邪惡力量。

一個轉身，巴哈爾少校朝它走去。

第九章　生機

頭暈，噁心，反胃，渾身都在冒冷汗，張越白感覺自己的心幾乎要從嘴裡跳出來了。

目睹巴哈爾少校在眼前殺人的一幕，讓張越白受到了強烈的刺激，也給生理上帶來了不適。儘管在精靈石堡中已經遇到了兩起血案，已經有心理準備，可是親眼看見有人在自己面前被槍殺，這樣的畫面實在令人招架不住，這和觀看電視上演的那些電影和電視劇是完全不一樣的感覺。

生活在和平年代的張越白，沒有嘗過戰火紛飛，流離失所的滋味。雖然張越白在創作推理小說的時候，也會有人死亡，但那些只是憑空杜撰出來的小說情節，在現實中的他怎麼都無法理解，為什麼巴哈爾少校可以如此輕鬆地扣動扳機，取走一個人的生命。矮個子被擊中時噴射出的那一股血色的雲煙，就如同他的生命一般，頃刻之間就消失在了這片大地之上。

戰爭把人變成了冷血的殺人機器，只要手裡握有強大的武器，一個民族就可以讓另一個民族飽受磨難，奪走他人的家人、財產、家園甚至是生命。正如索馬利亞聯邦共和國，他們的教育和文化藝術，都無法正常發展了，想要恢復重建的代價是戰爭的千倍百倍。發動戰爭的起因各種各樣，可是以犧牲為代價是否真的值得？有時候站在你槍口前的那個人，和你一樣有著幸福的家庭，愛他的父母妻兒，槍響之後，就只剩下無法磨滅的痛苦和無止盡的仇恨。

巴哈爾少校和那位高個子的手下，回到石堡內就將大門鎖上，繼續在二樓的洗手間內逼問賈顯光。

站在二樓的走廊上，能聽見洗手間內某種物體在撞擊身體的聲音，可是沒人敢靠近洗手間勸阻，巴哈爾少校在大家的心目中儼然已經成為殺人不眨眼的魔頭了。

窗外的大雨聲，削弱了一部分賈顯光淒厲的慘叫聲，但依然能夠聽清楚他說的每一個字。

賈顯光大聲喊叫著：「就算……你們把我吊死……吊死在這座石堡裡，我也不知道那筆錢的下落！如果我死在這裡，我就會變成幽靈，永遠在這裡遊蕩，誰也別想安心！」

不知道是不是巴哈爾少校故意要讓所有人聽見賈顯光的慘叫聲，他沒有將賈顯光的嘴堵上，任由這種恐懼在整座石堡裡彌漫開來，侵入每個人的內心之中。

直到巴哈爾少校問累了，賈顯光也沒有說出那筆錢的下落，巴哈爾少校和高個子從洗手間裡出來，站在門口對裡面奄奄一息的賈顯光說道：

「明天早上救護車會在十點抵達，如果到時我還沒有拿到錢，就讓你去地獄裡見見被你殺掉的那位。」

顯然，巴哈爾少校的這話既是說給賈顯光聽，也是說給其他所有人聽的。

但是誰又會知道這筆錢的下落呢？

張越白想要立刻離開精靈石堡，迫切的心情甚至不想等到明天救護車到來。他發現原本守在外面的士兵全都不見了，這是個離開的好機會。正望著窗外入神，有人靠近過來。

「是想從這兒出去嗎？」沈括露出一個意味深長的笑容，他一下子就看穿了張越白的心思。

「沒……沒有！」張越白慌忙否認道。

沈括走到了張越白身邊，和他並肩站在窗前，對他說道：「雖然守衛不見了，但是離開這裡的難度依然不小。所有的汽車輪胎都被巴哈爾少校打爆了，無法正常行駛。外面下著大雨，路面泥濘，走不出幾百米，估計腳就要陷在泥地裡拔不出來了。這麼惡劣的天氣，應該是沒辦法離開了，就算離開精靈石堡，距離城市的路途遙遠，如今索馬利亞混亂的局勢，估計也沒法找到接應我們回國的人。還是安妥地等待明天的救護車吧。」

聽完沈括的一番分析，張越白也就打消了提前離開的念頭。

「但願今晚不要再發生什麼恐怖的事情了。」沈括嘆了口氣，眉目之間夾雜著深深的憂慮。

「你覺得今晚還會有事發生嗎？」

沈括往洗手間裡的賈顯光投去憐憫的目光，就算今晚沒事，明天早上他也難逃厄運。

瓦倫蒂夫人正在洗手間裡檢查賈顯光的傷情，她讓摩里斯去拿一些冰塊，用毛巾包裹起來用來冷敷，賈顯光被銬在洗手間內的扶手上，無法移動到其他地方。他面頰紅腫，眼眶下的烏青足有小半張臉這麼大，嘴角裂了道口子，正滲出絲絲鮮血。他的身上看不見什麼傷痕，但顯然傷得很重，咳嗽一聲都會讓他痛不欲生，一定是巴哈爾少校動用了某種拷問的手段，在嚴刑逼供時不會留下傷痕。瓦倫蒂夫人也無能為力，她無法解開手銬，只能盡自己所能，幫賈顯光處理了傷口，拿來些靠墊讓他可以調整到舒服的姿勢，在安撫了幾句之後，瓦倫蒂夫人從洗手間裡出來，她滿臉是汗，垂頭喪氣。

「難道要讓他在這裡待上一晚上嗎？這實在太不人道了。」

「瓦倫蒂夫人，」摩里斯示意她小聲一點，「可別再惹火那些當兵的了。」

「竟然在我的城堡裡做出這麼過分的事情！他們到底想要幹什麼！全都怪該死的妖染，這可惡的怪物！誰能來救救我！我實在忍受不住了！」瓦倫蒂夫人有些失控地尖叫起來。

摩里斯上前抱住了她整個人，撫摸著她的背後，讓她坐下。感同身受的夏凡也抽泣了起來，徐放立刻勸慰起來，一時間話語聲和啜泣的哭聲充滿了幽深的石堡之中。

其實每個人內心都揮之不去的恐懼，卻又因為另一種恐懼，不敢大聲喊叫出來。

「請大家振作起來！」說話的人是沈括，他鼓舞著士氣，「如果我們就這樣陷入恐慌的話，將會十分被動，你們願意將自己的生命交給樓下那兩個人嗎？」

「沈先生說得對。現在殺人兇手已經被繩之以法了，我們只要信任彼此，盡可能地待在一起，就算那隻妖染出現，我們也可以聯手對付它。」喬冰說道。

張越白點點頭：「只要熬過了這個晚上，明天救護車來的時候，我們想辦法一起離開。」

剩下的七個人，分成了三個小組，三位女士一個房間，其他四位男士兩兩結對，張越白自然和沈括住在一起，大家集中住進了二樓北側的房間內。

瓦倫蒂夫人準備了睡前的牛奶，好讓女士們安安神，對所有人來說，這實在是一個糟糕的夜晚。

張越白躺在床上，疲憊的軀殼中思維依然活躍，巴哈爾少校開槍的畫面始終在他眼前重播，如夢魘般揮散不去。

心血來潮，張越白想到了巴哈爾少校一直在尋找的那筆錢。沒有辦法離開精靈石堡的賈顯光，在殺害了普利莫先生之後，能把錢藏在哪裡呢？巴哈爾少校搜查了整座精靈石堡，以他的精明程度，不會遺漏任何可疑藏錢的角落，就算是被燒過的瑞吉爾房間也沒有放過。張越白也對精靈石堡的結構有詳盡瞭解，精靈石堡除了那個地下室，沒有其他複雜精巧的暗室了，石堡內的家具擺設也相對簡單，每個房間都可以一目瞭然，要藏下這麼一大包錢的難度不亞於在石堡裡藏下一個人。

要是我找到了那筆錢？該幹什麼呢？比起絞盡腦汁都想不出藏錢的地點，張越白反倒饒有興趣地幻想起自己一夜暴富。如果有了這麼多錢，第一件事就是先辭職，能想像到始料未及的主管寫滿問號和感嘆號的臉。然後在家寫作，全力衝擊全國推理小說大賽，出道成為職業小說家。

這麼想來，這筆錢對自己也沒多大用處，自己缺乏的可能就是直面困難的勇氣，寫作的事情是這樣，追求夏凡亦是如此。

看了眼臨床的沈括，他面朝著牆，背對著張越白，雙手攏在胸口一整晚都沒有翻過身，看起來絲毫未受到石堡裡恐怖事件的影響，從呼吸聲能聽得出他睡得很熟。

這位圍棋手看起來並不富裕，穿的衣著鞋子都算不上大牌，用的手機也是好幾年前的款式，應該不是那種世界冠軍級別的職業圍棋手。要是他得到了這筆錢會幹什麼呢？或者是……為了這筆錢他會做出極端的事情嗎？這麼一想，石堡裡的所有人都無法信任了。

格外寧靜的夜晚，雨聲尤為刺耳，令人心神不寧。

張越白在床上輾轉反側了一晚，直到眼皮發沉，天色泛白才淺淺入睡。

喬冰響亮的嗓音，在清晨六點響徹整座石堡。

「洗手間的門怎麼鎖上了？」喬冰喊著賈顯光的名字，他夾著大腿，應該是急著要去洗手間方便。

聽到又有房間鎖上了，張越白從床上彈了起來，有種不祥的預感。

「誰把門鎖了？」徐放問道。

「會是巴哈爾少校嗎？他可能從樓下拿了鑰匙。」

「洗手間的門沒有鑰匙，只能從內部上鎖。」摩里斯從房間裡走出來，瓦倫蒂夫人和夏凡緊隨其後。

「那就只有賈顯光自己鎖的了。」

「他幹嘛把門鎖了？」無法上洗手間的喬冰不滿道。

「是怕巴哈爾少校做出對他不利的事情吧。」

大家陸續趕來了洗手間門口，你一言我一語展開熱絡的討論，可洗手間裡始終沒有任何聲音，大家不免擔心起來。但因為有了普利莫被害的前車之鑒，誰也不敢輕舉妄動。

樓上的騷動引來了巴哈爾少校，軍靴砸在樓梯踏步上，能聽得出帶著怒意。發現洗手間的門打不開，他不屑地哼了一聲，警告道：「裡面的人聽著，趕緊打開門，否則我的子彈可是不長眼的。」

張越白想要朝門裡喊話，讓賈顯光趕緊開門，免得巴哈爾少校震怒做出不可想像的事情。但有人拉住了他的手，張越白回頭一看，是剛睡醒的沈括，他的眼睛上還掛著眼屎，可是頭腦卻格外清醒，低聲對張越白說：

「門不是賈顯光關的，你忘了洗手間的門內裝的是門栓嗎？」

經沈括一提醒，張越白才領悟。洗手間門上的門栓，需要手動將插銷滑入插　座中，但是賈顯光被手銬限制在了淋浴房內，從那個位置根本夠不到插銷。他是雙手被銬，就算伸長身子，用腳趾也是鞭長莫及。洗手間裡也沒有可以藉助的工具，就算有也沒有這麼長且便於操控的工具。更何況，賈顯光何必要鎖住洗手間的門呢？區區一塊木板，怎麼可能阻擋得住巴哈爾少校貪婪的心呢？

巴哈爾少校雙手握槍，瞄準了門鎖的位置，然後又抬高了二十釐米，連續擊發，門板爆裂，木屑四濺，槍聲震得耳膜生疼，大家紛紛捂著耳朵躲避。

嗆人的硝煙味中，門被子彈打出一個不規則的窟窿，巴哈爾少校用堅硬的槍身插入洞中，用力攪動幾下，弄斷了邊緣尖銳的木刺，他將手伸進窟窿，利落地找到插銷，只聽到金屬摩擦滑槽的聲音，洗手間的門被打開了。

洗手間內的賈顯光以一種讓人十分不舒服的姿勢躺倒在地。

或許稱賈顯光為屍體更為準確一點。

他面朝下一邊額頭磕在淋浴房內的地磚上，兩隻手扭在身後掛在手銬上，懸吊住他的身體，手腕上有掙扎造成的擦傷，手臂的角度已經超出了人類的極限，應該已經骨折了。到死他也沒有掙脫手銬，看來魔術師離開了道具，也與常人無異。

才一個晚上，賈顯光怎麼就變成了死狀奇特的屍體呢？

洗手間裡是一派亂七八糟的景象，原本放在櫃子內的衛生紙、洗手液等物品散落一地，像是有人在找什麼東西，將所有物品統統翻了出來，沒有一件東西是在原位的。被拋得到處都是，簡直就是一間垃圾房，連落腳的地方都沒有。

張越白克制住內心的恐懼，往前走了走，想看清楚賈顯光到底是怎麼死的。

雖然不是醫生，但還是能判斷出賈顯光是窒息而死。他的臉很紅，額頭和脖子上的血管浮出皮膚，半睜的眼睛充滿了血絲，幾乎變成了一對血色的眼睛。微啟的嘴唇之間，一截失去血色的舌頭耷拉著。

張越白伏下身子，讓視線盡可能平行於屍體的頭部。

很快，賈顯光的死因找到了。

一條明晰可辨的勒痕環繞在脖子上，他顯然是被人殺害的。

這淒涼的屍體，讓深深的自責包裹住了張越白，要不是自己的推理，身為同胞的賈顯光又怎麼會受到如此悲慘的遭遇呢？

張越白再也無法忍受，放聲大叫：「該死！真是座該死的精靈石堡！」

「到底是誰殺了他？」

巴哈爾少校沒有失去判斷，有機會可以殺死賈顯光的人都在場，他將矛頭直指所有人，「你們中有人殺死了他，或許是因為仇恨，或許是因為金錢，但那都不重要，最重要的是，掐斷了我找到那筆錢的線索，我希望這位兇手可以自首，不然誰都別想離開，直到我找出他為止。」

「人未必是我們殺的。」徐放說話道。

巴哈爾少校沒有聽懂，抬了抬手，讓張越白翻譯。

徐放繼續說道：「別忘了，洗手間的門和普利莫房間的門一樣，是從內部上了鎖，可是洗手間的鎖沒有鑰匙，普通人類怎麼可能從外阿門鎖上門呢？」

「妖染！一定又是妖染！」瓦倫蒂夫人說道。

「這個狡猾的怪物想要離間我們，才故意這樣做的吧。」喬冰也同意這種推測。

「我覺得這可能是一起謀殺。」沈括指著屍體不遠處一堆雜物說，「地上的這根毛巾應該就是兇器，妖染難道還會使用工具殺人的嗎？」

順著沈括手指指的方向看去，一根被擰成了粗繩狀的毛巾被丟在地上，毛巾處於半溼半乾的狀態，它的紋理和屍體脖子上的勒痕完全一致。

沈括走到被破壞的門邊，雙手撐在膝蓋上，湊近插銷仔細檢查起來，插銷是不鏽鋼金屬色，沒有撬動過的痕跡，門和門框以及地面之間的距離，連一張撲克牌都塞不進去，門上也沒有鎖眼之類的孔洞，從外面運用鐵絲繩索之類的工具來拉上插銷是不可能的。沈括略顯失望地嘆息一聲，難道又是一起令人頭疼的密室。

「咦？他的手怎麼了？」說話間，沈括踩著一地的垃圾走向了屍體。

經沈括這麼一說，大家都朝屍體的雙手看去。屍體過於怪異的姿勢讓大家都沒有注意到，賈顯光被銬住的兩隻手，做出了奇怪的手勢。他的右手伸出一根食指，像是在做指引，指引的方向是他自己的左手。左手的五根手指彎曲，拇指和其他手指之間稍稍有點空隙，握成了一個空心拳頭。

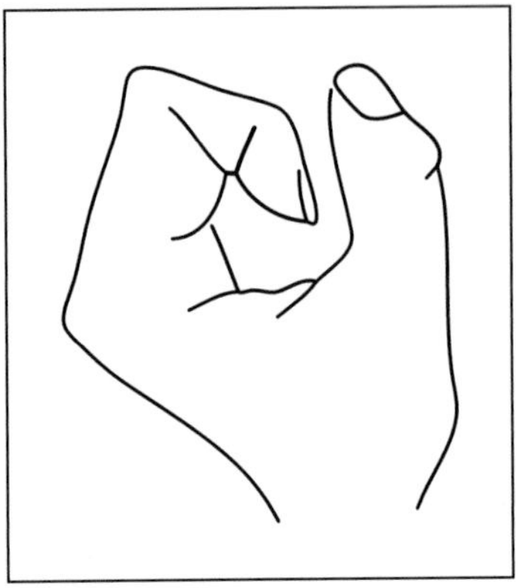

「為什麼做這麼奇怪的手勢？」張越白迷惑起來。

「可能是被勒住脖子掙扎時形成的吧。」徐放翻著白眼，模仿起勒死時的表情，雙手舉在胸前，做出和屍體一樣的手勢。但隨即他自己就發現了要堅持空心拳頭的手勢並不容易，更何況還是在反銬著的情況下。

「他可能是想告訴我們什麼，但沒有其他辦法，只能做這樣的手勢。」沈括說道。

「你說這是死亡留言！」張越白看見大家都露出了茫然的表情，覺得有必要普及一下這個推理小說中常常用到的詞。

「死亡留言也稱為Dying Message，即死者在遇害之前留下有助於破案的死亡信息，留言往往有很大的指向性，為了不被兇手看見並銷毀，死者對留下的信息掩蓋或是加密，所以死亡留言會是密碼或者暗號等多種類型，然而一旦破解，將會是決定性的證據。」

「兇手為什麼沒有看見他的手呢？」

沈括瞇起眼說道：「可能兇手注意力都集中在他的頭部，而對被銬住的雙手沒有任何戒備，就算看到了這個手勢，可能也會和徐放一樣的思維，覺得只是掙扎時的動作。當然，還有另外一種可能，這個手勢根本沒有任何意義，畢竟我們都不是警察，只是過度解讀罷了。」

這番話，張越白並沒有翻譯給巴哈爾少校，否則很容易就證明了巴哈爾少校是對的，賈顯光是被人殺死的。

經過一致同意，張越白告訴巴哈爾少校，洗手間這樣的密室不是人類能力可以辦到的，洗手間沒有其他出入口，人類無法鎖上門後再離開。如果是用某種裝置從窗外拉動插銷就更不可能了，昨晚巴哈爾少校一直在樓下，沒有人可以走出大門去到石堡外，而洗手間窗外的牆面也沒有其他窗戶了。所以，除了妖染不可能是其他人殺死賈顯光了。

「你們分析得挺不錯！」巴哈爾少校仰頭大笑起來，他的笑聲帶著輕蔑，顯然他並不接受張越白給出的結論。

張越白附和著乾笑了幾聲，這時他的肚子發出「咕嚕嚕」的聲響，張越白不好意思地撓撓後腦勺，建議道：「既然大家都醒了，不如先吃點東西吧。」

「那我去餐廳給大家準備早餐。」摩里斯說著就往樓下走去。

巴哈爾少校吹了個口哨，樓下的高個子士兵擋在了一樓的樓梯口。

「很抱歉，各位，餐廳已經被我們徵用，任何人不得入內。」

「可是……」摩里斯為難地看了看巴哈爾少校，「無法進入餐廳，大家都沒有東西吃。」

巴哈爾少校雙手插口袋，擺出一副事不關己的樣子。他可是帶了十幾個人的充足物質，撐個幾天不是問題。

「還有其他可以吃的嗎？」張越白問。

「所有的食物都在餐廳裡面，石堡內沒有準備應急的物資。」

「這下大家都得餓肚子了！」徐放無可奈何地拍拍自己的肚子。

「真不該來這種鳥不拉屎的破石堡！都已經是二十一世紀了，居然還有連飯都吃不飽的地方。」喬冰滿腹牢騷。

「好在馬上救護車來了，等我們回去以後，找地方好好吃一頓。」

雖然從昨晚到現在都沒有吃過飯，但有了離開的希望，大家還是願意忍受暫時的飢餓，等待救護車的到來。

只是誰也沒有注意到，巴哈爾少校的鼻梁上浮現出醜陋的皺褶，嘴角向上彎曲，像狼一樣咧嘴露出牙齒，大家都低估了巴哈爾少校對於金錢的貪婪欲望。

不知什麼時候，雨已經停了，天空變成了不摻雜任何雜質的藍色，遠處枯黃的草原和奔騰的獸群，透露出大自然美妙的和諧，改變了刻板印象中非洲的原始和粗獷。

一群不應景的禿鷲突然出現，在精靈石堡上空盤旋，幾隻膽大的禿鷹已經落在了離石堡大門不遠的土地上，警惕地轉動著細長的脖子，它們發出聒噪的叫聲，引來了其他同伴，越聚集越多。

「怎麼來了這麼多禿鷲？」張越白看著窗外烏壓壓一片，問著身邊的人。

瓦倫蒂夫人告訴他，禿鷲是非洲的死神，哪裡有死屍，它們就會在哪裡出現。

「看來它們是想要開飯了。」

張越白記得外面的吉普車裡有一具屍體，應該是屍體的氣味吸引了食腐的禿鷲。對於來自其他洲的人來說，是一次觀賞大自然奇觀的機會。

大家正聚精會神看著慢慢靠近吉普車的禿鷲群，忽然鳥群受到了驚嚇，紛紛四散逃開煽動翅膀，從地面起飛。

「快看！」夏凡興奮地指著遠方的地平線。

一股煙塵滾滾而來，逆著晨光，一輛麵包車疾駛而來，白色車身上明晰可見大紅色的十字符號。

「救護車來了！」眾人激動地站了起來，如同看見救世主的難民般歡呼起來。

大家開始往樓下走去，巴哈爾少校一反常態，主動打開大門，和大家一起準備迎接救護車的到來。

救護車在大家面前一個急剎，揚起的沙礫迷了眼睛，張越白低下頭，用手背搓揉起眼睛來。朦朧之中，他看見救護車車門打開，下來兩名身高馬大的男性醫護人員，他們穿著防護服，透過防護鏡看見那些輪胎乾癟的吉普車，眼神中充滿了疑惑。

沒等大家反應過來，巴哈爾少校快步迎了上去，他出人意料地用槍指向了兩名男護士。男護士連一個字都沒說，就被迫雙手抱頭，跪在地上。

「這是最後的機會。」巴哈爾少校向那名「兇手」喊話道，「如果還沒有人站出來承認自己幹的事，我就殺死這兩個護士，打爆救護車的輪胎，所有人和我繼續留在精靈石堡裡尋寶。」

張越白向大家說明巴哈爾少校的挾持護士的原因後，原本驚慌而又沉默的眾人，互相觀察起彼此的神情，每個人都變成了一座孤島，誰也不相信誰。潛移默化間，猜忌、指責、埋怨等等負面情緒開始在所有人心中發酵。

巴哈爾少校不耐煩地看了一眼手錶，咂了一下嘴，用戲謔的口吻說道：「看來你們這些外國人沒有明白我的意思。」

他朝著其中一位男護士的頭部開了一槍，如同被判處死刑的囚犯，那人應聲倒地，手腳抽搐了幾下，不再動彈。從彈孔中流出的鮮血很快充盈滿了他的防護眼鏡，原本透明的防護鏡變成了血色。

另一位男護士連忙跪地求饒，如搗蒜般給巴哈爾少校磕著頭，嘴裡一遍遍重複著「別殺我」。

巴哈爾少校草菅人命的行為，引起了公憤，群情激憤的張越白朝他大叫起來。

「快住手！快給我住手！」

巴哈爾少校將槍口又對準了另一位護士，訕笑道：「既然這麼關心人命，就趕快幫我找出那個人吧。」

「到底是誰殺了賈顯光！快給我出來！」張越白唾沫亂飛，朝人群大喊道。他逐一看向每個人的臉，每張臉都是無辜的表情，可似乎又都各懷鬼胎，神色可疑。

依然還是沒人站出來。

「好吧。那就別怪我手上多一條人命了，要怪你們就怪那位兇手先生吧。」巴哈爾少校的咬肌鼓動了一下，下定了開槍的決心。

一聲驚恐而又瘋狂的尖叫聲，伴隨著一聲槍響，一發子彈擊中了巴哈爾少校的大腿，幾秒鐘後，疼痛感襲來，巴哈爾少校捂著傷口痛苦地倒在地上。

高個子士兵從大家身後閃出，身手矯健地解除了巴哈爾少校的武裝，他將巴哈爾少校從地上扶起來，靠坐在救護車的輪胎上，打傷自己的上級讓高個子很害怕，他一個勁地向少校道著歉：

「長官，對不起，對不起！那些錢我一個子都不要了，我只想離開這個地方。」

「你想離開這裡，為什麼朝我開槍！」巴哈爾少校咬牙切齒道。

高個子唯唯諾諾地解釋道：「我怕你會毀了救護車。」

「真是個窩囊廢！」巴哈爾少校朝躲到一邊的男護士吼道，「愣著幹嘛！快給我止血！」

男護士畏懼地後退了兩步，對於殺死自己伙伴的這位軍官，他既憎惡又懼怕。除了男護士之外，其他人也沒有要施以援手的意思。

眼看少校的傷勢加劇，高個子向男護士央求道：「求求你了，快來幫忙啊！」

不知是出於醫者仁心，還是忌憚高個子手裡的槍，男護士不情不願地替少校治療起來。巴哈爾少校的傷勢並不嚴重，子彈擦著大腿外側飛過，皮膚和肌肉受了外傷，但沒有傷及主動脈和骨頭，經過簡單處理之後，止住了血，已無生命大礙，但行動力大受影響。

「快帶我們去城裡的醫院。」高個子拽住男護士的手臂就往駕駛座拖。

男護士掙開拉扯，正色道：「我來這裡是要接一名傷員回去，不過應該不是這位長官。」

這才讓大家想起，在摩里斯的房間裡還躺著亨麗埃塔，不免讓人擔心一夜沒人照料的她，會不會因為傷勢惡化而生命垂危甚至已經死亡了呢？

瓦倫蒂夫人向男護士請求，讓他幫忙將傷者抬出來。

「很樂意為您效勞！」男護士拔下汽車鑰匙放進口袋，生怕有人趁他不在開走救護車，而後從救護車裡取出了擔架推車，跟在健步如飛的瓦倫蒂夫人身後，進入了精靈石堡。

摩里斯也跟了上去，走到一半又折了回來，她問大家：「亨麗埃塔傷勢嚴重，不能太過顛簸，還需要一位男士幫忙才行。」

張越白本想自告奮勇，轉念一想，還是留在救護車旁，都快臨近離開了，別旁生事端，免得到時候又意外無法離開。

「我來幫忙。」身材清瘦的沈括站了出來，他朝摩里斯笑了笑，「我們走吧。」

十幾分鐘後，已經戴上了口罩和手套的沈括，協助護士推著擔架車走了出來，車上的亨麗埃塔戴著氧氣面罩，身上蓋著乾淨的白色被單，一點小小的顛簸都會讓她的身子左右搖擺，看起來沒有任何知覺。張越白只能從她胸口處微微起伏的床單，才看得出她一息尚存。

將亨麗埃塔抬上救護車，沈括除下口罩，可能是缺乏鍛鍊身體的緣故，他滿頭大汗，氣喘吁吁。

見人都到齊了，高個子士兵朝護士喊話道：「我們快走吧。這地方我一秒鐘都不想待了。」

「是啊！快帶我們走吧。」

「這個地方有怪物！」

大家七嘴八舌咋呼開來，可護士無動於衷，只是靜靜地看著他們，等他們聲音逐漸變小以後，護士才問道：「是誰把傷員弄成這樣的？」

大家左右互看了一眼，朝護士搖搖頭。

「和我們都沒關係，是妖染幹的。」徐放指著精靈石堡說，「那個怪物現在還在裡面，留下來一定會被它死的。」

「妖染？」護士呵呵笑了起來，他顯然不相信徐放說的話，但也沒有繼續討論的興趣，他從口袋裡拿出車鑰匙，對大家說，「現在有一個問題，你們總共有九個人，可是車上只能再坐下三個人。」

「管你能坐下幾個人，我和長官必須上車。」高個子舉起手裡的槍，蠻狠地說道。

其他人敢怒不敢言，沒有人站出來反對。

「那就只剩下一個座位了。」

「什麼！」徐放急了眼，他繞著救護車走了一圈，發現除了駕駛座之外，車後面還能坐三個人，除去巴哈爾少校和高個子，還有兩個空餘的座位。

「明明還多了一個位置，讓我和夏凡上車。」徐放緊緊抓住夏凡的手，把她拉到了自己身邊。

「只有三個。」護士堅定地說，「我必須把我同伴的屍體帶走，那要占據一個位置。」

「你寧願帶走一個死人，不願意帶走我們中的一個嗎？」喬冰說。

喬冰的話冒犯到了護士，他兩眼噴火，直直地走向喬冰，兩人身高差了將近二十多公分，魁梧的護士像一塊巨大的黑色岩石橫在喬冰面前，他彎下脖子，俯視著喬冰的眼睛說：「他是為了來救你們才死的。為了你們這樣的人，我和他一大清早穿上這笨重的防護服，開幾個小時的車來到這裡，卻被你們殺死在這裡。這個什麼精靈石堡不是他的家鄉，我必須把他帶回去，交給他的妻子和孩子。」

喬冰躲閃開護士的目光，雖然自行慚愧，但依然不太服氣地低聲嘟囔著。

其他人一股腦擠到護士前面，將他團團圍住，爭先恐後地索要最後一個上車名額。

張越白站在原地沒有上前爭搶，他大聲提議讓腳上有傷的夏凡上車，但沒有人理他。

「徐放，你也表個態吧。」張越白希望徐放和自己一樣，將上車的機會讓給夏凡。

「不！不！」徐放拒絕道，「讓我先上車，我幫你們去找救援，很快就會有人來接你們了。」

「我也可以去找人來救你們，我在摩加迪休也認識很多人。」摩里斯說道。

「都已經封城了，怎麼可能找得到人。」喬冰表示自己可以去大使館求救。

大家你來我往，誰也不願意退讓，徐放張開雙手，身體橫在了護士的面前，對他說道：「我把所有的錢都給你，如果不夠的話，把你的銀行帳戶給我，我讓我爸爸給你轉帳。」

大家也紛紛表示可以出錢購買自己上車的資格，瓦倫蒂夫人甚至開始摘下自己身上佩戴的首飾，她願意把這些都給護士。

徐放脫下自己的手錶，硬塞進護士的手裡：「我這塊是金錶，你拿去換一輛救護車都夠了。」

護士掂了掂金光閃閃的手錶，心中有些動搖，他又看了看地上自己伙伴的屍體，心中展開了激烈的思想鬥爭，但最終他還是選擇忠誠於自己的朋友，拒絕了徐放：「我不能接受你的錢，你們必須自己做出選擇。」

「我來帶你上車！」高個子士兵走過來，從護士手裡奪過了手銬，一把裝進口袋。

徐放興奮地連連感謝，他忙不迭走到副駕駛門旁，等待著護士打開車門。徐放可能感受到了背後夏凡期盼的目光，可是他不敢對視，直到夏凡的眼神漸漸轉為絕望，他回頭對夏凡說了一句：

「你現在應該為昨天拒絕我的情人節禮物後悔了吧。要是你答應我，現在上車的人就是你。」

夏凡轉過身去，再也沒有回過頭來。

「怎麼可以這樣！」

「我們可不同意！」

不滿的反對聲隨著高個子舉起的槍變得越來越輕微，高個子命令大家和救護車保持一段安全距離，指揮護士立刻發車。

這時，沈括反倒面無懼色，朝救護車走了過去。

「那個傢伙在幹嘛？」徐放讓高個子趕快阻止他。

「別擔心，我早就放棄上車的資格了，現在只是想要幫個忙而已。」沈括輕鬆地走到那具護士的屍體旁邊，招呼他的伙伴，「來吧。我幫你把他扛上車。」

護士朝他頷首致意，表示感激。兩個人將屍體安置在了後車廂的椅子上，屍體很重，從昨晚就沒有吃過東西的沈括，搬完以後有點虛脫，彎腰撐著膝蓋大口喘著氣，臉色也有點蒼白。

高個子也扶著巴哈爾少校坐了上去，再加上躺在擔架上的亨麗埃塔，正好將車廂塞滿。徐放坐在副駕駛座上，再也沒有說過一句話，誰都知道他剛才有模有樣說的都是謊話。

大家目送著護士拉開車門坐了進去，轉動鑰匙，引擎發出低沉的轟鳴聲，整個車身抖動起來，排氣管冒出縷縷黑煙。

離開精靈石堡的唯一希望正慢慢消失，被污染的石堡，正在腐化的屍體，慢慢逼近的動物，沒有任何果腹的食物，以及遙遙無期的救援，留下來的人或許只有死路一條。

護士從車窗伸出他強壯的手臂，用力拍了拍車門，朝著沈括比了個大拇指，然後問道：「你叫什麼名字？」

沈括用中文說了一遍自己的名字。

「升鍋？閃……過？」護士沒有掌握發音的音調，念了幾遍之後放棄了，「看來中文對我來說太難了。」

「你可以叫我2027。」沈括為自己找了個代號。

「這個數字代表什麼意思？」護士問。

「是一顆和我同名的小行星編號。」

「2027，我會記住你的。再見了，我的朋友。」護士用寬厚的手掌拍打著自己的胸口以示尊敬。

心灰意冷的眾人目送救護車離去，喬冰神情黯然地抱怨道：「大使館的電話一直占線，怎麼都打不通。」

「估計這會兒他們那裡已經亂得顧不上我們了。」

「外面太熱了，我們還是先回到石堡內吧。」瓦倫蒂夫人反倒變得輕鬆起來，還是保持著那股迎接客人的熱情。

眼下也只能這樣了，畢竟精靈石堡是附近唯一的建築。

大家情緒低落地返回石堡，院子的這段路走起來和剛來時候的心情截然不同，要不是有其他人在場，可能有人會嚎啕大哭起來。

「我們留下來的人只能怪運氣不好。」夏凡傷心地說道。

「很快就有人會來營救我們的。」張越白說完吐了吐舌頭，連自己都不相信這句話。

處於絕望邊緣的夏凡，只要有一點希望都會十分珍惜。

「誰還會來救我們？」夏凡問張越白。

「也許……也許徐放會找人……」張越白好不容易將情敵的名字從嘴裡說出來，就被夏凡喝止了。

「別再提這個人了。」夏凡溫柔的面龐，生氣起來格外的恐怖，站在旁邊的張越白連大氣都不敢喘一下。

走在前面的沈括突然停下腳步，跟在他身後的張越白收不住腳步，一頭撞在他身上。

沈括抬頭望著石堡的屋頂，他挑了挑眉毛，沒有理會張越白的抱怨聲，反而露出了得意的微笑：

「我們六個人應該依然受到上帝的庇護。」

張越白用一隻手平架在前額，擋住陽光，看向了屋頂的方向。

原本消失不見的金色十字架又重新出現了，在陽光下熠熠生輝，彷彿煥發出新的活力。張越白走近幾步，盡可能在離十字架最近的地方看個明白。十字架和精靈石堡窗戶上鐵柵欄一樣，是建造石堡的時候就被固定在建築主體上了，十字架位於屋頂的最高點，如果想要攀爬到那裡並不是容易的事情，就算使用了梯子，不規則的外牆也會讓梯子難以擺放，十字架周圍除了幾盞照明燈之外，沒有任何可供攀爬助力的地方。張越白想破腦袋也不明白，這座無法移動的十字架是怎麼消失又再次出現的呢？

靠近石堡牆角，有一樣東西正閃閃發亮，沈括走過去拾了起來，是一個門吸，應該就是餐廳丟失的那個。可能是陽光角度的關係，正好剛才反射在大家的眼睛裡。

沈括抬頭觀察精靈石堡的窗戶，門吸就掉落在摩里斯房間窗外的位置。

「各位，我想我已經知道精靈石堡裡發生的所有事情了。」沈括用冷峻地眼神看著所有人。

「你是說妖染殺人的事情？」摩里斯問道。

沈括點點頭。

「妖染在哪？」夏凡不由膽怯地藏到了張越白身後，四處張望，生怕有怪物會從某處衝出來。

「我需要時間去核實一些情況，一個小時以後，我們在客廳集合，到時候我會將我所知道的真相，完完全全地告訴大家。」

沈括說完，穿過兩邊的麥田，信步走進了石堡之中，留下了身後一臉茫然毫無自主的五個人。

不知為什麼，外表冷酷的沈括給人一種莫名的信任感，張越白內心百分百相信他說的話。目不轉睛地盯著他的背影，久久無法移開視線。

第十章　真相

室內比外面涼快不少，但依然有些燥熱。

出了一身的汗，夏凡想要換一身衣服，不過沈括不允許單獨行動，於是張越白就陪同夏凡回房間。

夏凡害怕妖染會出現，希望張越白可以在房間門外不要走遠，以免有事求救他可以及時趕到。

張越白爽快地應諾，讓她放心地換衣服，自己會寸步不離地守著門。

靠在走廊的石牆上，張越白又想起了前一個晚上看見徐放和夏凡共處一室，心裡依舊不是滋味，要是以前自己勇敢一點，或許夏凡也不會遇到這種不值得託付的男人。徐放揮揮手，試圖將這種念頭從腦中驅散出去，這都是懦弱男人的表現，況且現在說這些都已經太晚了，只能說自己和夏凡有緣無份。

十分鐘過去，原本還有動靜的房間現在一點聲音也沒了。

張越白生怕冒犯，不敢擅自闖入，輕輕拍了拍門，問夏凡有沒有事。

門裡沒有人回答。

張越白加重了敲門的力度。

這時，門內傳來了斷斷續續的抽泣聲，張越白不知道發生了什麼，喊了聲「我要進來了」，就開門衝了進去。

房間裡並無異樣，只見換了一件粉色短袖連衣裙的夏凡，頭伏在交叉的雙手之間，整個人趴在床上泣不成聲。

地上有一個行李箱，行李箱敞開著，裡面堆滿了夏凡這幾天換下來的衣服。張越白正要跨步邁過行李箱時，發現行李箱內部的網兜上插著一本眼熟的老款筆記本。

「這是……」

張越白拿起筆記本，發現是裡面是自己以前寫的小說，翻開扉頁，上面寫著：

從看見你的第一眼起，我就喜歡上了你。我馬上要離開校園了，可能只有把藏在心裡的話說出來，我們才能繼續見面吧。這是我為你寫的小說，女主角是以你為原型，希望你會喜歡，如果你願意接受我的話，就請你在我畢業典禮的時候，梳一個馬尾辮。

落款寫的是：等待你答應的作者。

張越白想起來當年自己甚至都不敢寫上本名，生怕告白失敗，這本小說流出去，自己變成眾人嘲諷的對象。自己還真是沒什麼勇氣，連追求女孩都前怕狼後怕虎的，真是差勁透了。

正在自我反省之際，夏凡從張越白手裡奪過了筆記本。

「沒想到你還保留著。」張越白有一點點得意地說道。
「哦。這本書我隨手從書架上拿的，只是怕飛機上無聊想打發時間。」夏凡說謊的樣子太過明顯，兩個人心照不宣地對視一笑。
本子的四個角都起了皺，只有被人翻閱過無數次才會這樣。
「小說好看嗎？」張越白問。
「是一本很精彩的推理小說，不過我不太明白，為什麼女主角最後會是兇手呢？」
「這個……其實只是單純為了結局的反轉而已。」
「哼！」夏凡把頭一扭，「原來我在你心裡就是這樣的女人。」
「這只是小說嘛。當時光顧著想怎麼寫得好看，忘了你這個原型的感受了。」
「果然是文學社社長的風格。」
兩人談笑起來，剛才還在哭泣的夏凡破涕為笑。兩人都聽到洗手間裡有人在不停地沖水，不知道是誰拉肚子了。
「希望離開這裡以後，我們的未來都可以順利起來。」張越白憧憬著未來。
「我應該會從蘭尼地產辭職，擺脫徐放這個混蛋。」夏凡攥著拳頭說。
「你和他不是……？」
「他藉著增長業績的名義把我帶來非洲，其實別有用心，我一直沒有答應他的追求，所以他想通過這次的長途旅行，讓我和他確立戀愛關係。」

張越白沒有忍住，不爭氣地問道：「前天晚上我看見他進了你的房間。」

夏凡臉頰上飛起了紅暈，瞪大了眼睛否認道：「前天晚上？我一直一個人在房間睡覺啊。」

「難道是我看錯了嗎？」

夏凡正要開口反駁，樓下響起了沈括讓大家集合的聲音。

張越白和夏凡各自忍住想說的話，一起下了樓。

其他人已經坐在客廳的沙發上了，張越白和夏凡找了個空位坐了下來。除了沈括，每個人都被這幾天的連續事件折磨得精神萎靡，卻又睜大眼睛，期盼著沈括為他們解開所有的困惑。

靜謐。

安靜得連牆上一排掛鐘上的秒鐘走動的滴答聲都覺得有些吵鬧。

沈括手裡不停擺弄著一個古銅色的門吸，門吸的形狀像極了國際象棋中的兵。他低著頭，彷彿正在構築一局圍棋的開場佈局，謹慎又需精妙，張越白知道他正在思考和整理接下來要說的話。

沈括終於開口說道：「關於這兩天發生在精靈石堡內的恐怖事件，我展開了一些調查，證實了我個人的一些猜測和推理，瑞吉爾、普利莫和賈顯光應該是被人謀殺的。」

每個人心裡都惴惴不安起來，雖然不是第一次聽見有人這麼說，但是剩下的人越來越少，也就意味著兇手越來越靠近自己。

好長時間沒有人吭聲，最先回過神來的是張越白：「難道賈顯光不是兇手嗎？」

「他只是遭人栽贓嫁禍，又被滅口，當了別人的替死鬼。」

「可是……」

「別急，等我把整件事告訴你們，你們就會明白是怎麼回事了。」沈括自信滿滿地說道。

「那就請開始吧。」喬冰迫不及待想聽沈括說下去。

「先從兇手襲擊瑞吉爾和亨麗埃塔開始說起，從現場的情況來看，整個過程是在瑞吉爾房間裡發生的，兇手對瑞吉爾行兇時，被瓦倫蒂夫人撞見，然後逃出房間又將亨麗埃塔重傷後拖進了地下室，瑞吉爾房間失火導致她的屍體被燒毀，可我不明白，兇手如何能在普利莫不知情的情況下襲擊了亨麗埃塔？」

沈括停頓了兩秒鐘，繼續說道：「我想是有人在說謊，不過這個問題先放一下。在行兇過程中，兇手做了一件很奇怪的事情，為什麼要大費周章地將亨麗埃塔拖入地下室，我能想到的原因有三點，第一，兇手需要大量的血跡，製造出血腥的場面，目的是為了製造妖染殺人的恐慌。第二，在大門上用鮮血畫出那個圖案，起到阻止所有人離開的作用，在伊波拉病毒爆發的時期，兇手知道巴哈爾少校是不會讓接觸過血液的人離開石堡的。第三，兇手弄出這麼長的血痕，是想吸引所有人的注意力，而讓大家忽略另一件更重要的事情。」

「不對！」張越白打斷了沈括的話，堅定地說道，「那天晚上我明明就看見妖染進入普利莫夫婦的房間了。」

「那只是你的錯覺。」

「錯覺？這解釋未免也太荒唐了。」張越白搖頭道。

「還記得前天晚上你吃了什麼嗎？」

張越白回憶那天的晚餐，自己吃了很多蒸粗麥粉，幾乎是自己一個人吃完了那盤食物。

「沒錯，就是因為你食用了太多的蒸粗麥粉，讓你產生了錯覺。蒸粗麥粉中的主要食材是小麥，小麥中含有麥角菌，它是一種叫做麥角酸二乙醯胺致幻劑的重要組成元素，攝入過量的話，會刺激中樞神經的性能，產生不同尋常的精神體驗，也就是使人產生幻覺。那晚在餐廳談論起了妖染，給你留下了深刻的印象，所以當你產生幻覺的時候，就會看見心裡所想的事物和景象，那些只是你內心的投射，而並非真實發生的事情。」

聽完沈括的解釋，張越白聯想到自己那晚感到不舒服並且昏倒的原因，應該就是吃了太多小麥成分的食物。這麼來說，那晚看見徐放進入夏凡房間，可能是自己日有所思衍生出來的幻覺，，全是拜摩洛哥國菜所賜。看來剛才夏凡說的是真的，是自己誤會她和徐放了，想到這，張越白整個心情都明媚了起來。

沈括不明白張越白為什麼獨自傻笑起來，所以問道：「你在笑什麼？」

「沒什麼。」張越白克制住笑意，定了定神，調侃道，「下圍棋還要瞭解這些知識嗎？」

「那倒不是。因為我自己有麥麩過敏，恰好學習過一些這方面的知識。」沈括接著上面的說往下說，「所以並沒有什麼妖染出現，你在迷糊之中看到的沒準是真正的兇手。」

「那要怎麼解釋十字架消失呢？」

「當時只有石堡裡的人『看見』了十字架消失，而在室外看守的士兵並沒有覺得異常，加上語言不通，士兵們沒有給我們外出查看確認的機會。其實是兇手偷偷打開了十字架周圍那幾盞高亮度照明燈的開關，燈光和陽光相向而照，在十字架上形成了三百六十度的光源，使得十字架的影子消失不見了，這和醫院手術室內使用的無影燈是相同的原理，準確的說，十字架的影子沒有消失，而是變淡了，淡到肉眼很難分辨的地步。利用了我們和士兵們語言不通，兇手在石堡內人們的心理上製造了盲區。」

張越白不住地點頭：「兇手費心營造出妖染殺人的血腥場面，就可以擺脫自己的嫌疑了。」

「但兇手真正的目的是為了隱瞞調包屍體這件事，兇手將瑞吉爾和亨麗埃塔對換了一下。」

「雖然瑞吉爾的屍體被燒得面目全非，但別忘了大家可是見過亨麗埃塔的。」

「我們只是看見一張血肉模糊的臉，再加上我們對瑞吉爾和亨麗埃塔也不熟悉，根本分不清誰是誰，我們只是通過亨麗埃塔是白人，而瑞吉爾是黑人來辨認。」

「聽你這麼一說，好像是這樣。」喬冰也回憶起當時的情景，他記得自己沒有看清過亨麗埃塔的臉，只是從手臂和露出衣服外的白色皮膚來判斷的。雖然兩個人的身高相仿，但完全是黑白分明的兩種膚色，所以大家看到的時候都沒有任何懷疑。

「為什麼兇手要這樣做呢？」

「兇手想要保護瑞吉爾。」沈括看了看摩里斯，問道，「摩里斯，您覺得呢？」

被突然點名的摩里斯驚奇地抬起頭，笑道：「沈先生為什麼問我？」

「因為要製造這一系列密室手法，必須像您一樣對精靈石堡內部十分瞭解才行。」

摩里斯不卑不亢地說道：「精靈石堡目前正在出售中，內部的詳細資料很多人都看過，精靈石堡的結構和設備可能這兩位房產銷售人員比我更瞭解，更何況瞭解石堡的結構和殺人又有什麼關係呢？」

「伊波拉病毒的爆發，意外導致精靈石堡被封鎖，所有精靈石堡內的人都無法離開，這也就意味著一旦有命案發生，兇手必定就是石堡內的眾人之一，很難洗脫罪名。於是兇手在殺死普利莫和賈顯光的時候，利用了石堡內原有的東西，製造密室效果，呈現出不可能犯罪的現場，試圖將罪責都推給妖染。」

張越白拍了下大腿，自責道：「如果殺害普利莫和賈顯光的是同一個兇手，那麼我關於賈顯光使用鴿子製造密室的方法是錯誤的。」

「是這個遺失的門吸給了我提示。我猜當時應該是這樣的情形，普利莫先生應該辨認出了受傷的不是自己的妻子亨麗埃塔，他隨即就明白是誰殺死了自己的妻子，但他有難言之隱不能當眾說出兇手。恐慌的他已經預感兇手接下來會對他下手，才不願意繼續住原來的房間，執意要搬到樓下的房間。但兇手還是用鑰匙打開了普利莫的房門，趁他不備殺死他之後拿走了錢，又將鑰匙放回了原處。」

「這是不可能的。當時我整晚都在吧檯，我發誓沒有人來拿過鑰匙。」摩里斯說。

「我百分百相信您的工作。但兇手使用了一種不需要靠近吧檯就可以取走鑰匙的辦法。」

沈括指了指頭頂上的吊燈，說道：「如果你們仔細看就會發現，吊燈正好位於兩邊走廊的正中央，利用吊燈上垂下的這些裝飾電線，從北側走廊的牆上取下一根電線，將門吸綁在上面。牆上的這些掛鐘正好作為刻度的參照，可以幫助兇手調整好門吸的高度和長度，站到合適的位置，然後利用能量守恆定律，讓門吸像一個鐘擺一樣蕩向吧檯的磁鐵白板，由於門吸的磁力較大，鑰匙體積不大，兩者在吸住以後，並不會對門吸的運動軌跡有影響，門吸因為慣性會自動擺回剛才的位置，兇手站在原地就可以順利拿到鑰匙。將鑰匙放回原處也是如法炮製，但要減小門吸的磁力，不然鑰匙就會一直黏在門吸上無法脫離。只要用布將門吸包裹起來，不至於阻隔它的磁力，但讓它的磁力小於白板，就可以讓鑰匙蕩回去的一剎那，吸附回在白板上的原來位置。兇手只要等門吸再度蕩回手中，將它解開並且扔掉就可以了。這個方法十分簡單，但未必能一次成功，不過我相信只要試個一兩次，就能校正到正確的位置，吊燈的線路應該是兇手在拿取鑰匙的時候被弄壞的。兇手就是用了這個方法，可以不用踩到地板就拿到鑰匙。」

「這簡直太天馬行空了吧。」摩里斯想到那晚有一個門吸從自己頭上掠過，不由搖起了頭。

張越白卻不住地點頭贊同道：「這就可以解釋為什麼吊燈不亮，以及廚房門吸突然消失的原因了。」

沈括笑著對張越白說：「兇手殺害普利莫先生的原因就是為了錢，原本想嫁禍給妖染，卻沒想到被你橫出一腳，居然破解了密室之謎，還讓賈顯光背上了殺人的罪名。」

「那為什麼兇手還要殺了他呢？讓他變成替罪羊不是最好的結果嗎？」

「還記得巴哈爾少校拷問他的時候，賈顯光喊了什麼嗎？」

張越白想了想，盡力還原道：「好像是說就算把他吊死，他也要化成幽靈在石堡裡遊蕩……」說到一半，張越白明白了什麼，假設兇手使用了電線和門吸的手法，在聽到賈顯光說的「吊死」、「遊蕩」這些詞語後，一定會膽怯心虛。

「難道說那時候賈顯光已經知道了兇手是誰？」

「別忘了賈顯光是做什麼的。」沈括提醒道，「作為一個魔術師，他成天就是和機關祕密打交道，想必在他被我們懷疑以後，也一直在思考兇手製造密室的手法。」

「那他為什麼不直接指出兇手是誰呢？」

「因為他也想要那筆錢。他借用那些話向兇手做出暗示，也是對兇手的一種勒索。」

「所以他才會被殺。」張越白的整個邏輯被理通順了，但還有不明白的地方。

沈括清了清嗓子，開始剖析起洗手間的密室之謎：

「兇手得到暗示後，趁晚上無人之際，前往洗手間和賈顯光談判，或許是因為無法滿足賈顯光的條件，或許是賈顯光惹怒了兇手，總而言之他們的談判破裂了，兇手用毛巾勒死了他，雖然賈顯光身材高大，但是雙手受限於手銬，在沒有吃飯的情況下又遭受了嚴酷的刑罰，體力上不敵兇手。被卡住咽喉的賈顯光無法發出聲音，就算奮力掙扎，貼滿瓷磚的牆面和地面也弄不出太大的動靜。」

「洗手間裡明明亂成一團啊！」張越白又對沈括的推理表示不解。

「那是兇手故意佈置的現場，目的就是為了製造密室。」沈括指了指洗手間的方向說，「這個密室也只有在精靈石堡的洗手間內才能完成，我剛才特意花了點時間來做了試驗。」

「剛才一直聽到沖水的聲音，原來是你呀。」張越白露出不解的眼神，「難道兇手是用的馬桶？」

「不愧是推理小說家呀。」沈括自信滿滿地說出自己的試驗結果，「兇手用細繩一頭用活結綁在門栓上，另一頭綁住一個小型的漂浮物，我想應該是原本放在馬桶上的那些塑膠小鴨子，兇手將它放在馬桶內的水中。兇手在門外用遙控器啟動沖水，馬桶裡的漂浮物帶動細繩，拉動門栓將門鎖上，由於水的沖力，漂浮物也將細繩綁在門栓上的活結解開，連同細繩一起沖進了下水管道之中，一個完美的密室就此形成了。但也隨之產生了一個問題，如果有人細心搜查，就會發現馬桶的遙控器和塑膠小鴨子都不在洗手間內，密室的手法就容易引起懷疑，兇手故意將洗手間弄亂，以掩蓋丟失的物品，所以洗手間雖然看起來凌亂不堪，一派打鬥和翻動過的跡象，可晚上卻沒有人聽見任何動靜。」

「難怪你說這個密室只能在精靈石堡的洗手間裡實施，因為門栓和智能馬桶這兩件復古和現代的物品，只有在精靈石堡內才會違和的存在。」張越白由衷佩服沈括的想像力，幾乎在毫無線索的情況下，推理出了整個犯罪經過，但依然有一個問題存在。

沈括的全部推理都建立在他自己的一套邏輯之上，沒有任何證據可以證明兇手的身分。他自己也意識到了這一點，言簡意賅地拋出了重要的線索：

「其實賈顯光的死亡留言，已經告訴我們兇手是誰了。」

「兇手是誰？」眾人幾乎一致脫口而出問道。

只有摩里斯沒有開口，張越白睥睨了一眼她，發現她的臉色變得漸漸鐵青起來，張越白覺得沈括帶領他們距離真相越來越近了。

「賈顯光的死亡留言你們還記得吧。」沈括模仿起屍體的手勢來，他迎著窗戶舉起左手攥緊拳頭，稍微放鬆手指，讓陽光穿過拳頭的縫隙，然後他用自己的右手食指指向左拳，說道，「賈顯光應該是在被兇手勒住脖子的時候，想出這個手勢，兇手在殺人後忙於佈置密室，無暇顧及手勢的含義，才沒有去毀滅死亡留言，得以讓我們看見。」

「別賣關子了，快說這手勢代表什麼意思？」

「你看這樣像什麼？」沈括將拳頭轉了個九十度，將大拇指一側朝向他們。

喬冰看了半天，還是放棄了：「猜不出　。」

夏凡和張越白也跟著搖起頭來。

「仔細看，這是一個漩渦！」沈括轉動拳頭展示道，「這看起來像不像一個順時針的漩渦？」

他修長的大拇指和其他手指形成了一個環形，拳頭中心的位置就像漩渦中水流下降的入口處。

「可我怎麼覺得看起來既像順時針又像逆時針呢？」張越白看著沈括的手型，還是不太明白。

「漩渦中的水流總是流向中央，你可以將拇指和其他手指看成水流的方向。」

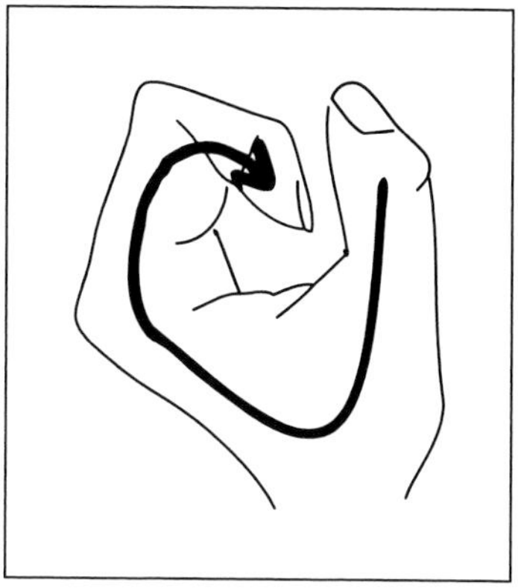

「這麼說來確實很像，可這能證明什麼呢？」張越白神情茫然望向沈括。

「我記得夏凡小姐說過，精靈石堡是以赤道為中軸而建造的，那麼城堡的兩側其實屬於兩個不同的半球，南半球和北半球。我們自己的國家位於北半球，水流的漩渦是逆時針旋轉，南半球自然就是順時針旋轉。賈顯光的死亡留言指向了南半球，也就是住在精靈石堡南側走廊的人。」

依照入住房間的佈局來看，住在精靈石堡南側房間的有瓦倫蒂夫人、瓦倫蒂・瑞吉爾、摩里斯以及普利莫夫婦，依照賈顯光死亡時間來推算，當時普利莫夫婦和瑞吉爾都已經非死即傷，不可能成為殺死他的兇手，剩下還住在南側走廊房間的人只剩下了在座的兩位。

矛頭直指精靈石堡的女主人和她的管家。

「你說什麼？你的意思我是兇手嗎？」摩里斯不禁從沙發上站了起來，惱怒地說道。

「很抱歉冒犯了您，只是我的推理之中你們兩位的嫌疑最大。」

「那就請您拿出證據來。」摩里斯氣憤地向他攤了攤手掌。

「先等等，我覺得這推理有點問題。」張越白示意摩里斯稍安勿躁，沈括的推理弄得他暈頭轉向，超出了他對本起案件的看法。張越白閉上眼睛，手指用力地頂著太陽穴，思考了半晌，將不對勁的地方一一拋了出來：

「沈先生，正如你剛才所說，兇手將瑞吉爾和亨麗埃塔掉包了，為什麼連膚色都能換呢？如果是用了有美白效果的化妝品之類，應該一眼就能看穿，可我們沒人察覺出異常情況。既然普利莫先生換房間是為了躲避兇手，為何不索性直接說出兇手的名字，讓大家將兇手繩之以法，這樣豈不是更加安全嗎？」

沈括蹙著眉，眼神銳利：「這個嘛……越白你應該在這趟以銷售旅程的開始，就已經心生疑惑了吧。從石堡主人提出的出售要求來看，應該是急需要用錢，儘管如此，她還是捨近求遠通過中國的房產仲介公司來銷售位於非洲的石堡，我能想到其中的原因，是石堡主人不想讓熟識的本地人知道她在出售石堡，她更希望賣給對精靈石堡完全不熟悉的客戶。可是恰恰相反，找到的客戶正是她所忌憚的人。」

「你的意思是普利莫和亨麗埃塔有問題？」

「他們包裡有許多不是正常顧客會攜帶的工具，他們偷偷將這些工具帶進了房間裡，似乎是在謀劃做些什麼，買房或許只是他們接近石堡的辦法，真正的目的是會威脅到瓦倫蒂夫人和她的家人。」

「可是……我根本不認識他們。」瓦倫蒂夫人用手背拂去額頭上冒出的汗珠。

「暫且當您不認識他們，但顯然巴哈爾少校認出了他們，在看見普利莫屍體的時候，他說的那句『該死的殺人犯』，其實指的是普利莫。」沈括拿出手機，翻動螢幕上的網頁，赫然出現了普利莫和亨麗埃塔兩個人的照片，照片上印著大大的黑體英文——通緝令。

張越白走近沈括的手機，替大家解讀通緝令上的內容。

原來普利莫和亨麗埃塔只是化名，他們倆原名叫做弗雷德和潔西卡，他們並非自我介紹的那樣是索馬利亞本地人，而是與索馬利亞臨近的衣索比亞人，他們是衣索比亞的賞金殺手，近幾年流竄各地殘殺患有白化病的病人。衣索比亞警方懸賞兩萬美金，希望有人能提供線索，將他們捉拿歸案。

張越白目瞪口呆：「也就是說，其實重傷的亨麗埃塔其實是瑞吉爾，之所以是白色皮膚，因為瑞吉爾其實是白化病人。」

「普利莫和亨麗埃塔應該是得知了精靈石堡裡有白化病人，所以偽裝成石堡的買家上門，希望借此機會謀殺瑞吉爾。」沈括補充道，「活著的瑞吉爾是這一切真相最好的證據。」

「我做這一切都是為了瑞吉爾能活下去……」瓦倫蒂夫人嘆息道。

「夫人！別說了！」摩里斯露出驚駭的表情，連忙阻止瓦倫蒂夫人說下去。

瓦倫蒂夫人朝她搖搖頭，露出這兩天前所未有的輕鬆微笑，說道：「瑞吉爾已經被送去醫院了，我想她會好起來的。我也應該承擔我犯下的罪行，接受法律的制裁。」

「瓦倫蒂夫人，你真的殺了他們嗎？」張越白用好像快要斷氣似的口氣問。

瓦倫蒂朝他欠身致意：「很抱歉給您添麻煩了，原本只是想盡快賣掉精靈石堡，給我的女兒籌集醫藥費，除了遺傳白化病之外，她還因為免疫力缺失，患有急性淋巴性白血病，已經到了末期，需要立刻骨髓移植才行。這幾年來我們一直在醫院的系統中排隊等候，恰好最近醫院有了與瑞吉爾匹配的捐獻者，可以進行幹細胞移植手術，但高昂的手術費用令我負擔不起，唯有賣掉精靈石堡才行。這麼多年，我一直保護著瑞吉爾，讓她盡可能少曝光，就是生怕被這些賞金殺手給盯上。」

「你們這些外國人可能不知道，在非洲的部分地區，白化病人因為有著和非洲當地人截然不同的膚色，被稱之為是惡魔的怪胎。長期以來，白化病人受到歧視和殺戮，民間巫術宣揚白化病人的血液和內臟，能夠帶來起死回生、一夜暴富等超自然能力，巫師則將他們視作最好的祭品，用他們的器官和骨頭祭拜神明，就可以帶來無盡的財富，幫助人們找到金礦和鑽石。甚至有些漁民，將白化病人的頭髮編織在漁網之中，期望可以有更大的收穫。正是這些訛傳，使得白化病人的血液和器官在黑市的價格非常高昂，甚至不亞於黃金和瑪瑙，這也嚴重威脅到了他們的生命安全，殘暴殺害白化病人的事件不斷發生。雖然政府會提供安保措施，派遣特警保護白化病人，但就如偷獵行為一樣，總有人會為了金錢鋌而走險。近幾年以來，上百名白化病人慘死在殺手的手中，屍體被放血或是開膛破肚，兇手取走最貴重的部分去賣錢。其中弗雷德和潔西卡是最為臭名昭著的殺手，他們總能為那些巫師找到想要的白化病人，他們包裡的那些工具，就是用來肢解白化病人的，通常落在他們手裡的白化病人都會死得很慘，就像偷獵者殺死動物一樣冷血。」

「瓦倫蒂夫人，我很抱歉！」張越白十分自責，是他親手促成了這一筆業務。

瓦倫蒂夫人笑了笑，安慰道：「這件事和您沒有關係，他們早就盯上了精靈石堡，如果沒有您，他們也會想其他辦法接近瑞吉爾。只是我沒有想到前天晚上他們等不及就要對瑞吉爾下手，是亨麗埃塔在晚餐後來房間找我，其實在晚餐時候我就認出了他們。她知道瑞吉爾病得很重，她希望用那筆定金向我買下瑞吉爾，被我斷然拒絕後，亨麗埃塔威脅說如果我不同意，那麼他們就採用不需要我同意的方法，直接殺死瑞吉爾。我頓時覺得胸口刺痛，心中充滿了無法具體形容的絕望，我知道他們言出必行，我除了拿起武器對抗他們別無他法，我假裝改口說考慮一下她的提議，讓她一個小時以後再來我的房間，到時候告訴她我的決定。這一個小時內，我準備了他們房間的鑰匙，等她來到我房間的時候，我藉故離開房間，用鑰匙將普利莫鎖在房間裡，以我的體格只能對付亨麗埃塔一個人。趁亨麗埃塔沒有防備，我用刀結果了她，因為晚餐時聊起過妖染，我索性就在屍體上弄出妖染造成的傷痕，迷惑大家的視線。將她的屍體拖到了瑞吉爾的房間裡，灑上酒精點燃了屍體，讓大家分不出她的膚色。順便毀滅掉瑞吉爾治療的物品，我不希望精靈石堡裡有人知道我女兒的病情。事實上瑞吉爾病情危重，已經陷入了昏迷，我用血袋裡的血為她做了一番偽裝，弄出了那條拖痕，用血袋在大門上噴出了那個『X』，然後把瑞吉爾抱到了地下室，弄成重傷急需治療的樣子，希望用這個方法，能困住普利莫讓他無法離開精靈石堡，而傷者可以說服巴哈爾少校送她去醫院治療，可惜他是個冷血的劊子手，我的計劃落空了。」

瓦倫蒂夫人的話說到這裡戛然而止，之後關於殺死普利莫和賈顯光的過程，沈括說得八九不離十，大家全都知道了。摩里斯的表情沉痛，從她剛剛意圖阻止瓦倫蒂夫人發言來看，她應該是提前知道瓦倫蒂夫人殺人的事情，至少分辨瑞吉爾和亨麗埃塔對她來說是毫無難度的。

「這麼說，那筆錢應該在你手裡。」張越白忽然想到這個問題，「可是已經把整個石堡翻遍了，都沒有找到錢的蹤影，難不成真的有我們不知道的機關密道？」

瓦倫蒂夫人說：「我想沈先生應該已經知道了吧。」

張越白看著沈括問道：「你一直和我在一起，是什麼時候知道的？」

「嗯。」沈括對自己沒有說出錢的下落做了解釋，「我幫護士抬擔架的時候，感受到擔架的重量有些不對，似乎有點超出了受傷女人的體重，我猜瓦倫蒂夫人是把錢放在了瑞吉爾的身下，每個人都擔心自己感染伊波拉病毒，都不願意靠近渾身是血的傷者，所以那裡是最安全的地方。在我們搜查賈顯光房間的時候，也是你偷偷將那張票據扔在房門後的吧。不過這些事情我並沒有親眼所見，所以也無法百分百確認我這個想法就是對的。」

「謝謝您剛才沒有說出來。」瓦倫蒂夫人向沈括報以感激的眼神。

「那筆錢用來為瑞吉爾治療，總好過落到巴哈爾少校的手裡。」

對於這種觀點，夏凡也點頭表示贊許。對於瓦倫蒂夫人的不幸遭遇，夏凡十分同情，並非所有的殺人兇手都是窮兇極惡的，瓦倫蒂夫人只是為了保護自己的女兒。

「可惜那些妖染的傳說都是假的，要是這個世界上真的有妖染，也許不是一件壞事。」夏凡自言自語起來。

張越白說：「那倒不一定，曾經流傳著在衣索比亞一個部落內的所有人都被妖染殺死的故事，據說那天正好妖染的孩子出生了。後來人們將這隻妖染抓了起來，將它封印在了某個地方，這讓我想到了精靈石堡屋頂上用來封印妖染的十字架。瓦倫蒂夫人，您先前和我們說的那個故事應該是假的，這個故事才是真的吧，您和您的女兒就是這個故事裡的人。」

「張先生為什麼會這麼想？」

「這個嘛……」張越白一邊整理思路一邊說，「其實是因為您和摩里斯都不會義大利語讓我覺得很奇怪，索馬利亞南部的許多人從小學習的都是義大利語，而你說在城堡裡長大，卻無法流利的義大利語和巴哈爾少校交流，顯然你不是土生土長的南方人。你一眼就認出來了普利莫和亨麗埃塔，他們近幾個月才開始被通緝，而流竄到國外作案，並且還做了精心的偽裝，但他們沒必要對完全不認識的外國人這麼做，只有對他們有所瞭解的人，他們才需要喬裝改扮。而精靈石堡裡除了瓦倫蒂夫人您和摩里斯，其他人都是第一次來到非洲的外國人。」

瓦倫蒂夫人露出戲謔的表情：「看來還是被識破了呀。原本是想用妖染的故事來為自己脫罪的，沒想到反而被發現了破綻。這是我們部落的陳舊往事，雖然和本次的事件沒什麼關係，但我還是老實招認了吧。」

瓦倫蒂夫人露出苦澀的表情，蟄伏在記憶中的那個長夜，凝結成的疼痛，還會在無數次的睡夢中令她驚醒過來，時光的洪流依然沒有吞沒曾經的記憶。

幾分鐘的安靜如同時空靜止一般，時間被撥回到了十六年以前，剛剛產下女兒的瓦倫蒂夫人，虛弱地躺在床上，摩里斯打了一盆清水，將瑞吉爾身上的血污擦拭乾淨，可她驚訝地發現，瑞吉爾原本應該是黑色的皮膚，竟然是如雪花般的白色。摩里斯大驚失色，連忙將瑞吉爾抱到瓦倫蒂夫人面前。外面的雷聲驚嚇到了嬰兒，她哇哇大哭起來，就像知道了自己的出生注定是一場悲劇一樣。

瓦倫蒂先生走了進來，他看見孩子的臉，幾近奔潰，大喊這孩子是妖染，想要親手掐死這個怪胎。虛弱的瓦倫蒂夫人拼盡全力保護著自己的孩子，爭吵聲引得部落裡的很多人前來圍觀，不知是不是瓦倫蒂先生覺得自己顏面盡失，獨自跑了出去。部落的族人們看著瓦倫蒂夫人生下的這個孩子，誰也弄不清是怎麼回事，一時間議論紛紛，多數人認為這個孩子的降生是不祥之兆，應該立刻殺死，以免災難降臨。

所有人都希望置孩子於死地之時，瓦倫蒂夫人堅決不同意，有人索性動手來搶奪孩子，推搡之中，有人撞翻了桌子，點燃的燭臺燃起了茅草，大火轉眼燃了起來。

這時，瓦倫蒂先生拿著一柄鐮刀出現在門口，他的眼神完全變成了另一個人，堵住唯一的去路，吼叫著向人們揮舞起鐮刀，刀光閃過血流如注，無路可逃的人們撕心裂肺地叫喊著，可瓦倫蒂先生沒有手下留情，就像根本不認識大家一樣，發了瘋一樣砍殺，族人們一個接一個的倒下，有幾個身上起火的人，衝出屋子想依靠雨水滅火，被瓦倫蒂先生從後面趕上，一刀正中後心，整個人趴在了泥濘的水窪中，和身上的火苗一樣，再也不動了。這場慘絕人寰的殺戮直到所有人被殺死，瓦倫蒂先生才停手，他站在雨中，眼神朦朧，重重的呼吸將嘴唇上的雨水噴出老遠，整個人被鮮血染成了紅色，在雨水的洗滌下，血在手臂上匯聚成一條細流，從鐮刀的刀尖上源源不斷地滴落。體力耗盡的瓦倫蒂先生，眼前一黑，發軟的膝蓋再也支撐不住身體，他昏倒在了自己腳下的血色水窪之中。

一直抱著孩子躲在床底下的瓦倫蒂夫人和摩里斯，用溼毛巾護住了自己和孩子的口鼻，沒有發出任何聲音，才躲過了屠殺和致命的濃煙，雨水很快就撲滅了火勢，但她們還是等到完全沒有了動靜，才從床底鑽了出來。

眼前的景象如地獄一般恐怖，是只有在可怕的幻想或是精神錯亂的妄想中，才能想像出的場面。那片被染成血色的土地，就像邪惡傳說中煉獄的火爐，異常鮮紅。瓦倫蒂夫人沒法說清楚到底是怎樣具體的景象，她只記得周邊如遺跡一樣死氣沉沉，只有倒在地上的瓦倫蒂先生胸脯一起一伏，能看見他的鼻子裡還冒著霧氣。

瓦倫蒂夫人救起了自己的丈夫，但他們失去了家園，而且他們不能再留在這裡了。她無法解釋這麼多人的死亡，更無法解釋自己的女兒為什麼會是白色的皮膚。瓦倫蒂夫人只能選擇逃亡，忠心耿耿的摩里斯也誓死追隨，於是他們在鄰國索馬利亞偏僻的境內，買下了正在拋售的精靈石堡，他們放棄了自己原有的一切，包括國籍和名字，他們將自己的名字改成了瓦倫蒂家族，過起了隱姓埋名的生活。

瓦倫蒂先生清醒以後，從妻子和摩里斯口中聽聞了這一切後，對自己犯下的滔天罪行懊悔不已，他也不知道為何自己當時會做出這樣的舉動。生怕自己再次發作，會傷害到自己的妻子和女兒，瓦倫蒂先生決意一個人住在精靈石堡陰暗的地下室，如同囚犯一樣將自己關押起來。就在兩年前，始終無法饒恕自己的瓦倫蒂先生在巨大的心理壓力和負罪感下，患病逝世了。地下室再也沒有人使用，則保留著瓦倫蒂先生生前居住的樣子。小時候，瑞吉爾偶爾會去爸爸的地下室過夜，躺在瓦倫蒂先生的床上，瑞吉爾問他為什麼要住在終日不見陽光的地下室裡，而不和媽媽一起誰在臥室溫暖柔軟的床上。瓦倫蒂先生刮了一下女兒的鼻梁，笑著說，因為爸爸要守護你，不讓那隻可怕的妖染來傷害你們。

說到這，瓦倫蒂夫人已是淚溼滿襟，連連抽泣，再也說不下去了。

摩里斯上前撫摸著她的背後，讓她喝口水緩和一下情緒。

關於瓦倫蒂先生之所以會發狂殺人，應該和張越白出現幻覺的原因一樣，罪魁禍首是瓦倫蒂先生最愛的食物——蒸粗麥粉。

「原來瓦倫蒂先生一直到死都在鎮守的妖染，是他心中的罪孽。」張越白不由感悟道。

這座精靈石堡曾有過的故事，描繪出既怪誕生動又殘酷的非洲現實生活，它見證了人類的偉大和卑劣。

聽完瓦倫蒂夫人所描述的過往之後，反而加重了大家心中的恐懼。

面前這位不露聲色的石堡女主人，是殺死了三個人的兇手，而她的丈夫殺死過更多的人，在目前這座無路可逃的石堡裡，她坦然地說出了一切，承認了罪行，接下來會不會像對待賈顯光一樣，將留下來的所有人全部滅口呢？她身邊還有一個忠心的管家摩里斯，她願意為主人付出任何的代價，哪怕是殺人也說不定。

瓦倫蒂夫人感受到了這種情緒，大家雖然嘴上都安慰著她，但身體都刻意保持著距離。

「瑞吉爾已經順利地送往醫院了，相信那筆錢會為她帶來最好的治療，我覺得自己是世界上最幸運的人。在救援來到的時候，我會向警方自首坦白一切，承擔所有的責任。我做的所有事情，摩里斯什麼都不知道，我在昨晚給摩里斯和夏凡小姐的牛奶裡，都下了一點安眠藥，所以她們根本不知道我晚上離開房間去殺了賈顯光，我希望你們可以為她作證。」

「夫人！」摩里斯抱住瓦倫蒂夫人的肩膀痛哭流涕。

瓦倫蒂夫人摸著她的頭髮，就像在摸自己的孩子一樣，儘管摩里斯要比她年長很多。

「摩里斯，我會把名下所有的財產都贈與給你，你只需要將瑞吉爾養到十八歲，她就是一個該自主獨立的成年人了。到時候你可以回到我們的家鄉，恢復你的名譽，剩下的錢足夠你生活了。」

「不！夫人，我會守著精靈石堡裡一直等著你回來。」摩里斯嗚咽著說道。

「精靈石堡的錢我已經用來治療瑞吉爾了，雖然那些錢不乾淨，但我不能平白無故地使用這筆錢，我會將精靈石堡捐贈給白化病人的基金會，讓更多像瑞吉爾一樣生病的孩子得到醫療的機會。」

瓦倫蒂夫人的這番話，令張越白為之動容，這是來到非洲後比天氣更暖人心扉的語言了。

「希望大家都可以平安回家。」夏凡雙手抱拳緊貼胸口，祈禱道。

這時，石堡裡有響動傳來，在空曠的客廳內一時分不清是從哪兒來的聲音。

「石堡裡還有其他人嗎？」張越白緊張起來。

「沒有了啊。明明都走了。」喬冰說道。

就像在故意要反駁喬冰一樣，又傳來一連串響動，轉而聲音變得越來越大。

「不是說沒有人了嗎？」

夏凡嚇得連連後退，她的恐懼如傳染病一樣，站在她身旁的張越白感覺自己腋下有一滴冷汗滑過，肋部一陣徹骨的冰涼。

「是餐廳！」摩里斯指向了南側的走廊，餐廳的大門正在晃動，門上的鐵鏈直響，力氣之大超乎人類的極限，彷彿有一頭兇猛的野獸在餐廳裡瘋狂地撞著門。

「難道……難道真的有妖染？」喬冰聲音裡帶著哭腔。

所有人張大了眼睛，屏氣凝神，看著聲音傳來的方向。餐廳門後的如魔鬼般暴怒的吼聲，這聲音搭配上精靈石堡幽閉的環境，轉變成一種富有穿透性的力量，將所有人正在思考和想像的大腦澈底擊潰，只剩下麻痹的虛空，甚至連逃跑都忘記了。

哐當！

哐當！

哐當！

門板已經受不住這巨大的衝力，顯現出了裂痕，終於伴隨著一聲爆裂，餐廳的兩扇門四分五裂，碎片四濺。

旋即黑影籠罩了南側的走廊，朝客廳裡的他們撲了過來。

夏凡震耳發聵的叫聲回蕩在朱巴河畔，如同遠眺西方衣索比亞的松卡魯山南麓，為這條永不乾涸的河流源頭而喝彩。

尾聲

一個月以後。

二〇一七年的三月十五日，星期三。

工作日的下午，張越白背著包，漫步在城市的街頭，和煦的陽光灑在身上格外愜意，隨時找一片草地就能睡一個午覺。

從非洲歸來以後，張越白就辭去了仲介公司的工作，休養了一段時間。在這期間，他把家裡閒置的衣物整理打包，又去銀行將自己從工資裡省下來的錢提了出來，打算今天一併送去非洲駐本市的ＮＧＯ基金會，也就是非政府組織下的基金會。張越白希望盡自己一點綿薄之力，為弱勢群體提供一些幫助。

不知道非洲有多少個像瑞吉爾一樣的孩子，卻沒有瑞吉爾這麼好的運氣，瓦倫蒂夫婦也是因為缺乏一定的知識和醫療條件，他們一直吃著自己種的小麥，才會因為小小的麥角菌釀成悲劇。

從基金會出來，張越白看了下手錶，時間還早，於是走進了路邊一家名為「花園咖啡」的咖啡館，選了一個靠窗的位置坐下，招手向服務員點了一杯拿鐵。咖啡館內播放著舒緩的音樂，品啜一口香醇濃郁的拿鐵，心情放鬆地刷新著手機社交平臺上的新聞。

世界衛生組織發言人在記者會上說，目前索馬利亞以及周邊國家的伊波拉病毒患者人數已經得到了控制，利用全國封鎖、檢測識別等及時有效的防疫手段，成功遏制了病毒的傳播，相信很快就可以全面解禁，恢復正常的工作和生活了。總算這場伊波拉病毒沒有進一步升級，這不單是索馬利亞的勝利，也是全世界的勝利。

張越白看著咖啡杯上的LOGO，寫著Café de Jardin，這家店居然還是使用的法文，這讓他想到了什麼。

「嘿！」有人從身後拍了一掌張越白的背。

張越白抬頭看見是夏凡，露出一臉的傻笑：「你來啦。」

「嗯，不好意思，我遲到了。在基金會登記的時候，耽誤了一會兒。」夏凡在張越白對面的位置坐了下來，「看你剛才一個人在發呆，想什麼呢？」

「我突然想到瓦倫蒂這個名字，如果用非洲的史瓦希利語翻譯的話，walinzi是守護的意思，瓦倫蒂・威爾娜是強悍的守護者。石堡的名字帶有妖染的意思，瓦倫蒂夫婦要守護的妖染，指的其實是他們患有怪疾的女兒瓦倫蒂・瑞吉爾。」

張越白現在想來其中含義，唏嘘不已。

「對了，瓦倫蒂夫人怎麼樣了？」夏凡問道。

「當地法院應該會在下個月開庭審理，律師會以自衛的角度替她進行辯護，希望可以從輕判罰吧。」張越白抿嘴搖了搖頭，換了一個高興的話題，「不過摩里斯和我聯繫了，她說瑞吉爾的手術很成功，身體恢復得很好。」

「實在是太好了！事情都在慢慢好起來了。」

「嗯。想到一個月前我們在非洲的遭遇，真是比夢境還不真實。」

夏凡依然心有餘悸：「要不是那兩位高矮個子的士兵違反了巴哈爾少校的命令，沒有把其他士兵都殺死，我們也不知道要在精靈石堡待多久呢。」

高矮個子士兵雖然貪圖那筆錢，但遠沒達到巴哈爾少校那般冷酷的地步，他們只是給其他士兵注射了麻醉劑，向巴哈爾少校謊稱殺死了他們。那些士兵醒來後，從餐廳裡出來，修復了車上被損壞的通訊設施，向軍方請求了支援，所有人也得以離開了精靈石堡。在所有士兵的指證下，巴哈爾少校被送上了軍事法庭，槍殺部下的罪行相信會讓他受到最嚴厲的處罰。

不知不覺間，太陽開始西斜，咖啡館裡打開了主光源，頓時燈火通明。

「現在幾點了？」夏凡問。

「差五分鐘六點。」張越白看了眼手錶，這才反應過來，一拍大腿驚呼道，「哎呀！糟了！」

「沈括的棋賽幾點開始？」

「六點整開賽。」

「我還特意穿了為他加油的衣服呢。」夏凡拉開外套的拉鏈，露出裡面紅色連帽衫上的champion字樣。

「我們抓緊時間快走吧！特意送了我們內場觀賽的門票，可不能放他鴿子。」

他們迅速離開了咖啡館，一路小跑，等氣喘吁吁的兩個人來到上海棋院的門口，發現人們已經三三兩兩往外退場，耳邊捕捉到幾句別人的交談，似乎棋賽已經結束了。

「才六點半而已，一局圍棋比賽，只需要這麼短的時間嗎？」張越白雖然不會下圍棋，但對棋手還是會有一步棋深思熟慮很久才落子的印象。

「可能沈括實力不濟，很快就放棄比賽了吧。」夏凡揣測道。

「不是沒有可能，被派到非洲去交流的棋手，應該不會是什麼厲害的角色吧。」

「怪不得被外派呢。」

聽見有人在背後輕輕咳嗽了一聲，張越白扭頭看去，嚇了一跳，竟是面無表情的沈括，他穿著一套很正式的黑色西裝，看起來成熟了許多，和在精靈石堡時判若兩人。

「你什麼時候出來的？」

「就在你說『非洲』的時候。」

「我……那個……其實……」張越白一時找不到解釋的托詞，犯起了結巴。

夏凡替他解了圍：「比賽怎麼樣了？」

「贏了。」沈括輕描淡寫地說道。

「這麼輕鬆的嗎？難道是友誼賽？」張越白有點不相信。

「是內部的升段快棋賽。」

張越白也聽不懂這麼專業的術語，插科打諢道：「不管怎麼樣，總之是贏了，再加上我們三個人從非洲劫後餘生回來的重逢，必須找個地方慶祝一下。」

「誰買單？」沈括的問題拷問靈魂。

「當然是你啦！」張越白從容笑對道，「我和夏凡都已經是下崗工人了，你怎麼好意思讓兩個失業的人掏錢呢？」

「可你不是還寫小說嗎？」

「寫小說不比下圍棋賺錢多嗎？」

「可我還沒出道呢。」

「嗯。」

「你答應啦！」

沈括若有所思地說道：「就憑你在精靈石堡的推理，應該很難出道了吧。」

「去你的吧！」

夏凡看著走在前面的兩人，互不讓步的拌著嘴。忽然體會到和索馬利亞的人民比起來，自己生活在沒有戰爭的和平年代是多麼幸運的一件事啊。

迎著悠悠吹來的晚風，夏凡朝著兩個人的背影追上去，挽起了他們的手臂……

全書完

要推理106　PG2849

要有光 FIAT LUX　血色的妖染

作　　者　王稼駿
責任編輯　石書豪
圖文排版　陳彥妏
封面設計　王嵩賀

出版策劃　要有光
發 行 人　宋政坤
法律顧問　毛國樑　律師
印製發行　秀威資訊科技股份有限公司
114台北市內湖區瑞光路76巷65號1樓
電話：+886-2-2796-3638　傳真：+886-2-2796-1377
http://www.showwe.com.tw
劃撥帳號　19563868　戶名：秀威資訊科技股份有限公司
讀者服務信箱：service@showwe.com.tw
展售門市　國家書店（松江門市）
104台北市中山區松江路209號1樓
電話：+886-2-2518-0207　傳真：+886-2-2518-0778
網路訂購　秀威網路書店：https://store.showwe.tw
國家網路書店：https://www.govbooks.com.tw
總 經 銷　聯合發行股份有限公司
231新北市新店區寶橋路235巷6弄6號4F
電話：+886-2-2917-8022　傳真：+886-2-2915-6275

出版日期　2022年12月　BOD一版
定　　價　290元

讀者回函卡

Printed in Taiwan

國家圖書館出版品預行編目

血色的妖染 / 王稼駿作. -- 一版. -- 臺北市 :
要有光, 2022.12
面 ;　公分. -- (要推理 ; 106)
BOD版
ISBN 978-626-7058-70-1(平裝)

857.7　　111018933